人間レコード

夢野久作怪奇暗黒傑作選

夢野久作

角川文庫
23552

目次

笑う唖女

「キキキ……ケエケエ……キキキキキッ」

形容の出来ない奇妙な声が、突然に聞こえて来たので、座敷中皆シンとなった。

それはこの上もない芽出度《めでた》い座敷であった。

甘川家の奥座敷、十畳と十二畳続きの広間に紋付袴《はかま》の大勢のお客が、酒を飲んでワイワイ言っていた。奇妙な謡曲を謡《うた》う者、流行節を唄《うた》い唄い坐《すわ》ったまま躍り出しているもの……不安とか、不吉とか言う影のミジンも映していない、醇朴《じゅんぼく》そのもののような田舎の人々の集まりであった。それが皆、突然にシンとしてしまったのであった。

「……何じゃったろかい。今の声は……」

「ケダモノじゃろか」

「鳥じゃろか」

「猿と人間の相の子のような……」

「……春先に鵙《もず》は啼《な》かん筈《はず》じゃが……」

皆、その声の方向に顔を向けて耳を澄ました。二間の床の間に探幽の神農様と、松と竹の三幅対、その前に新郎の当主甘川澄夫と、新婦の初枝、その右の下手に新郎の親代りの村長夫婦、その向い側には嫁女の実父で、骨董《こっとう》品然と痩《や》せこけた山羊鬚《やぎひげ》の頓野羊伯と、その後妻の肥《ふと》った老人、仲人《なこうど》役の郡医師会長、栗野医学博士夫妻は、さすがにスッキリしたフロックコートに丸髷《まるまげ》紋服で、西陽《にしび》の一パイ当った縁側の障子の前に坐ってい た。その他、村役場員、駐在所員、区長、消防頭、青年会長、同幹事と言ったような、村でも八釜《やかま》しい老若が一ダースばかり下座に頑張って、所狭しと並んだ田舎料理を盛んにパクついては、氏神様から借りて来た五合、一升、一升五合入の三組の大盃《おおさかずき》を廻《まわ》している。皆相当酔っているとは言うものの、まだ、ほんの序の口と言ってもいい座敷であった。

縁側の障子際に坐っている仲人役の栗野博士夫妻は最前から頻《しき》りに気を揉《も》んで、新郎新婦に席を外させようとしていたが、田舎の風俗に慣れない新郎の澄夫が、モジモジしている癖にナカナカ立ちそうになかった。やっと立上りそうな腰構えになると又も、盃を頂戴《ちょうだい》に来る者がいるので又も尻《しり》を落ち着けなければならなかった。そうして、やっと盃が絶えた機会を見計って本気に立上ろうとした処へ、今一度前と違った奇怪な叫び声が聞こえたので、又もペタリと腰を卸したのであった。

「アワアワアワ……エベエベ……エベ……」

「何じゃい。アレ唖《おし》ヤンの声じゃないかい」

「唖ヤンの非人が何か貰《もら》いに来とるんじゃろ」

「ウン。お玄関の方角じゃ」

「ああ。ビックリした。俺はまた生きた猿の皮を剝《は》ぎよるのかと思うた」

「……シッ……猿ナンチ事言うなよ」

そんな会話を打消すように末席から一人の巨漢が立上って来た。

「なあ花婿どん。イヤサ若先生。花嫁御はシッカリあんたに惚《ほ》れて御座るばい」

そう言ううちに新郎の前へ一升入の大盃を差突けたのはこの村の助役で、村一番の大酒飲みの黒山伝六郎であった。見るからに血色のいい禿頭《はげあたま》の大入道で、澄夫の膳《ぜん》の向うに大胡座《おおあぐら》をかいた武者振は堂々たるものであったが、袴の腰板を尻の下に敷いているので、花嫁の初枝が気がつくと真赤になって下を向いた。

澄夫は恭しく大盃を押戴《いただ》いたが、伝六郎が在合《ありあ》う熱燗《あつかん》を丸三本分さかさまにしたので、飲み悩んだらしく下に置いて口を拭《ふ》いた。

伝六郎は両肱《りょうひじ》を張って眼を据えた。座敷中に響き渡る野天声を出した。

「なあ若先生。イヤサ澄夫先生。惚れとるのは花嫁御ばかりじゃないばい。村中の娘が総体に惚れとる。俺でも惚れとる。なあ、この村で初めての学士様じゃもの。しかも優等の銀時計様ちゅうたら日本にたった一人じゃもの……なあ。学問ばっかりじゃない。テニスとかベニスとか言うものは学校でも一番のチャンポンとかチンポンとか言う位じゃげな」

仲人の郡医師会長夫妻と、頓野老夫婦と、新郎新婦が、腹を抱えて笑い出した。下座の方の若い連中が又続いて大声でゲラゲラ笑い始めたので、伝六郎はその方に入道首を捻《ね》じ向けて舌なめずりをした。

「……何かい。何が可笑《おか》しかい。俺の英語が何が可笑しい。まだまだ知っとるぞ畜生。なあ頓野先生、そうじゃろがなあ。男ぶりチュウタならトーキー活動のロイドよりも、まっとまっととええ男じゃしなあ。阪妻《ばんつま》でも龍之介《りゅうのすけ》でも追いつかん。トーキー及ばんチュウ言葉は、これから始まったケナ……ええ。笑うな、笑うな。貴様達はトーキー活動ちゅうものをば見た事があるか。あるめえが。この世間知らずの山猿どもが。キングコングの垂《た》れ粕《かす》どもが……」

「アハハ……もうわかったわかった。もう止めてくれ給え。伝六君。腹の皮が綟《ね》じ切れる。アハハハハ……」

「オホホホホホホホ」

「まあ、そう言わっしゃるな。その盃をばズーッと一つ片づけさっしゃい。なあ若先生。俺あ要らん事は一つも言いよらん。皆に言うて聞かせよるとこじゃ。なあ……若先生は村でタッタ一人のお医者様じゃ。しかしこげな山の中の素《す》寒貧《かんぴん》村には過ぎた学士様じゃ。先代の仲伯先生も言うちゃ済まんが学校は出ちゃ御座らん漢法の先生じゃ。今度の医師会長のお世話で、隣村の頓野先生のお嬢さん……しかも女学校をば一番で卒業さっしゃったサイエンス……ええ……何が可笑しいか、馬鹿ア。ナニイ……サイエン？　サイエンが本真《ほんま》チュウのか……馬鹿あ。ヘゲタレエ。スの字がつくとつかぬだけの違いじゃないか。ウグイスとウグイ……カマスとカマ……ナニィ大違いじゃあ……大違いじゃとも。サイエンスの方がサイエンよりもヨッポド上等じゃ。問題になるけえ。上等の証拠にコレ程の別嬪さんが日本中に在ると思うか。なあ医師会長さん。サイエンスちゅうのは別嬪さんの事だっしょう。西洋の小野小町《おののこまち》と言うて見たような……ヘエヘエ。それ見ろ。俺《われ》の英語は本物じゃ。よう聞いとけ。ロイドちゅうのは色男の事ぞ。舶来の業平《なりひら》さんの事ぞ。セルロイドと間違えるな。その日本の業平さんと、小野小町とこの村で結婚さっしゃる。新式の病院を開業さっしゃる。お蔭《かげ》で村の者が一人残らず長生きする。なあ……これ位芽出度い事はないなあ、医師会長さん。死んだ先生も喜んで御座ろう」

伝六郎は床の間の上に並んで架かっている二枚の額を見上げた。古びた金縁の中に極めて下手な油絵の老夫婦の和服姿が乾凋《から》びたままニコニコしていた。

「ああ。喜んで御座る、喜んで御座る。なあ老先生。もう絵になって終《しも》うて御座るけんどなあ、老先生。あなた方御夫婦はこの村の生命《いのち》の親様じゃった。四十年この村に御奉公しとる私《わし》がよう知っとる。御恩は忘れまっせんぞえ。決して決して忘れませんぞえ……なあ。せめて今一年と半年ばかり生かいて置きたかったなあ。今日というきょうこの席へ坐らせたかったなあ。若先生御夫婦には、この伝六がついとると言うて安心させたかったなあ。今までの御恩報じに……」

伝六郎の声が次第に上釣《うわづ》って涙声になって来た。満場ただ伝六郎の一人舞台になってシインとしかけている処へ、縁側の障子の西日の前に一人の少女の影法師がチョコチョコと出て来て跪《ひざまず》いた。障子を細目に隙《す》かして眩しい西日を覗《のぞ》かせた。

仲人の医師会長栗野博士が、その障子の隙間に胡麻塩《ごましお》頭を寄せて、少女の囁《ささや》き声を聞くと二、三度軽くうなずいて立上った。その後から博士夫人が続いて立上ると、見送りの積りであろう、新郎新婦が続いて立上った。

「イヤ、宜しい」

と栗野博士が振返って手を振った。新婦の母親の頓野老夫人も、ちょっと中腰になって押止めにかかったが、新夫婦が強いて行こうとするのを見た頓野老人が、山羊鬚を扱いて老夫人を押止めた。小声で囁いた。

「婆さん。止めるな、止めるな。もう良え、もう良え。立たしとけ、立たしとけ。こげな式の時には見送りに立たぬものと昔からなっとるが、今の若い者は流儀が違うでのう。心配せんでも宜《え》えわい」

床の間の前では話の腰を折られて唖然《あぜん》とした伝六郎が、新郎の残して行った大盃に気がつくと、

「勿体《もったい》ない。お燗《かん》が冷める」

と言って両手で抱え上げながら顔を近づけてグイグイと一息に飲み始めたので、見ていた下座の連中がゲラゲラ笑い出した。

玄関に近い中廊下の暗がりまで来ると、栗野博士がニコニコ顔で新夫婦を振返った。

「イヤ、これは恐縮でした。……実は玄関に妙な患者が来たという話でな。あんた方は今日はこげな者を相手にされん方が宜えと思うたげに、私が立って来ましたのじゃが」

「ハッ、恐れ入ります。そんな事まで先生を煩わしましては……」

新郎の態度と言葉が、如何《いか》にも秀才らしくテキパキとしているのを、背後《うしろ》から若嫁の初枝が惚れぼれと見上げていた。栗野博士はそれに気づきながら気づかぬふりをしていた。

「いや。実はなあ。その患者が精神病者《きちがい》らしいでなあ」

「エッ……キチガイ……」

「そうじゃ。玄関に坐《すわ》って動かぬと言うて来たでな。今日だけは私に委《まか》せて置きなさい。まだ時間はチット早いけれども、ちょうど良え潮時じゃけにこの儘《まま》、離座敷《はなれ》に引取った方がよかろうと思うが……あんな正覚坊連中でもアンタ方が正座に坐っとると、席が改まって飲めんでな。ハハハ……」

「……ハイ……」

「私たちもアトから離座敷へチョット行きますけに、お二人で茶でも飲んで待っておんなさい。今一つ式がありますでな」

「……ハ……ハイ……」

新郎新婦は狭い、暗い処で折重なるようにお辞儀をした。そのままに立って見送っていた。

玄関の夕闇の中をズウーッと遠くの門前の国道まで白砂を撒《ま》いて掃き清めてある。その左右の青々とした、新しい四目垣の内外には邸内一面の巴旦杏《はたんきよう》と、白桃と、梨の花が、雪のように散りこぼれている。その玄関に打ち違えた国旗と青年会旗の下に、男とも女ともつかぬ奇妙な恰好《かつこう》の人間が、両手を支《つ》いて土下座している。

頭は蓬々《ぼうぼう》と渦巻き縮れて、火をつけたら燃え上りそうである。白木綿《しろもめん》に朱印をペタペタと捺《お》した巡礼の負摺《すおり》を素肌に引っかけて、腰から下にいろいろボロ布片《きれ》を継合わせた垢《あか》黒い、大きな風呂敷《ふろしき》様のものを腰巻のように巻きつけている恰好を見ると、どうやら若い女らしい。全体に赤黒く日に焼けてはいるが肌目《きめ》の細かい、丸々とした肉付の両頰から首筋へかけて、白粉《おしろい》の積りであろう灰色の泥をコテコテと塗りつけている中から、切目の長い眦《めじり》と、赤い唇と、白い歯を光らして、無邪気に笑っている恰好はグロテスクこの上もない。

今しも台所から出て来たこの家の下男の一作が、赤飯の握飯を一個やって追払おうとするのを、女はイキナリ土の上に払い落して、大きく膨脹した自分の下腹部《したはら》を指しながら、頭を左右に振った。獣とも鳥ともつかぬ奇妙な声を振絞った。

「アワアワアワアワアワ。エベエベエベエベ」

「コン畜生。啞女《おしむすめ》の癖にケチをつけに来おったな。コレ行かんか。殺すぞ」

一作が薪割用の斧《おの》を振上げて見せると、啞女は、両手を合わせて拝みながら、蓬々たる頭を左右に振立てた。下腹部を撫《な》でて見せながら今一度叫んだ。

「エベ……エベ……エベエベエベ」

その時に栗野博士夫妻が玄関へ出て来た。

「コレコレ。乱暴な事をしちゃ不可《いか》ん。穏やかにして追返さんといかん」

唖女が急に向き直って栗野博士のフロック姿に両手を合わせた。下腹部を指して奇声を発し続けた。

「何だ。妊娠しとるじゃないか」

一作が手拭《てぬぐい》を肩から卸した。斧を杖《つえ》に突いてペコペコした。

「ヘエヘエ。これは先生。この唖女はモトこの裏山の跛爺《ちんばじい》の娘で、そこの名主どんの空《あき》土蔵《どぞう》に住んでおった者で御座いますが……」

「フウム。まだ若い娘じゃな、爺さん」

「ヘエ。幾歳《いくつ》になりますか存じませんが。ヘエ、去年の夏の末頃までこの裏山に住んでおりまして、父親の跛爺の門八は、村役場の走り使いや、避病院の番人など致しておりましたが……」

「フーム。村の厄介者じゃったのか」

「ヘエ。まあ言うて見ればソレ位の人間で御座いましたが、それが昨年の秋口になりますと大切な娘のこの唖女が、どこかへ姿を隠しましたそうで、門八爺は跛《びっこ》引き引き村の内外を探しまわっておりますうちに、かの土蔵《くら》の中で首を縊《くく》って死んでおりました事が、程経てわかりましたので、大騒動になりましてな」

「ウムウム」

「それから後、この唖女の姿を見た者は一人もおりませんので……ヘエ……」

「ふうむ。誰が逃がいたのかわからんのか」

「ヘエ。それがで御座います。御覧の通り唖娘の上に色情狂《いろきちがい》で、かの裏山の中の土蔵の二階窓から、山行の若い者の姿を見かけますと手招きをしたり、アラレもない身振をして見せたり致しますので、跛の門八爺が外に出る時には、必ず喰物を内《なか》に残《お》いて、外から厳重に締りをしておったそうで御座います。それでも門八が帰りがけには、途中《みちなか》で拾うた赤い布片《きれ》なぞを持って帰ってやりますとこの花子奴《め》が……この娘の名前で御座います……コイツが有頂天ものう喜んでおりましたそうで、その喜びようが、あんまりイジラシサに門八爺が時々、なけなしの銭をハタいて、安物の練《ねり》白粉や、口紅を買うて帰ってやったとか……やらぬとか……まことに可哀そうとも何とも申しようのない哀れな親《おや》娘《こ》で御座いましたが」

「……まあ……」

と博士夫人がタメ息をして眼をしばたたいた。

「ふうむ。してみると誰かこの女にイタズラをした村の青年《わかて》が、その土蔵の戸前を開けてやったものかな」

「ヘエ。そうかも知れませんが、跛の門八が戸締りを忘れたんかも知れません。だいぶ耄碌《もうろく》しておりましたで……それで娘に逃げられたのを苦に病んで、行末の楽しみがないようになりましたので、首を吊《つ》ったのではないかと皆申しておりましたが」

「うむ。そうかも知れんのう。つまりこの娘を逃がいた奴が、門八爺を殺いたようなもんじゃ」

「ヘエ。まあ言うて見ればそげな事で……」

「しかし、それからもう、かれこれ一年近うなっとるが、どこに隠れていたものかなあこの女は……」

「それがヘエ。やっぱりどこか遠い処を、当てもなしに非人《こじき》してまわりおりまする中に、誰のやらわからん子……を宿して、久し振りに父親の門八爺が恋しゅうなりましたので、故郷《ふるさと》へ帰《けえ》って来ますと、あの裏山の土蔵は壊《と》けてアトカタも御座いませんので、途方に暮れております処へ、コチラ様の前を通りかかって、御厄介になりに来たのではないかと、こう思いますが……」

「ふうん。しかし物をやっても要らんチュウし、自分の腹を指さいて何やら言いよるではないか」

「ヘエ。もう産み月で痛み出しているかも知れませんがなあ。ちょうどこの村から姿を隠いた時分から数えますと十月ぐらい……そうとすれば孕《はら》ませた者は、この村の青年《わかて》かも知れませんが……ヘヘヘ……」

「うむ。困った奴じゃのう」

「何せい相手が唖女《おしむすめ》で、おまけの上にキチガイと来ておりますけに、何が何やらわかったものでは御座いません」

「しかしここが医者の家チュウ事は、わかっとる訳じゃな」

「さあ。わかっておりますか知らん。オイオイ花チャン。ここ痛いけん」

一作爺が自分の腹を指して見せながら、唖女の顔を覗《のぞ》き込んだ。

しかし唖女のお花は答えなかった。最前からの二人の問答を、自分の事と察しているらしく、無邪気な、真剣な眼付で二人の顔を代る代る見比べていたが、そのうちに、栗野博士夫妻の背後《うしろ》から、物珍しそうに覗いている新郎新婦の、先に立っている新郎澄夫の青白い顔に気がつくと、お花は見る見る眼を丸くして口をポカンと開いた。泥だらけの手足を躍らして小犬のように跳ね上ると、玄関の式台へ泥足のまま駈《か》け上って、栗野博士を突除《つきの》けながら、澄夫の袴《はかま》腰にシッカリと抱きついた。同時に「アッ」と小さな声を立てた花嫁の初枝を、背後から抱きかかえるようにして栗野夫人が、廊下の奥の方へ連れ込んで行った。

澄夫はハット度を失った。花嫁の方を振返る間もなく、唖女の両手を払い除けて乗退《とびの》こうとしたが、間に合わなかった。ガッシリと帯際を摑《つか》んだ女の両腕を、そのまま逆にガッシリと摑み締めると、眼を真白く剝《む》き出し、舌をダラリと垂らした。そうして気を落ち着けようとしているのであろう。周章《あわ》ててその舌を嚥込《のみこ》み、嚥込み、眼をパチパチさせた。その顔を下から見上げた唖女はサモサモ嬉《うれ》しそうに笑った。

「ケケケ……ケケケケケケケケケ……」

若様らしい上品な澄夫の顔が、その笑い声につれて見る見る皺《しわ》だらけの鬼婆のような、又は髪毛《かみ》を逆立てた青鬼のような表情に変った。反対に澄夫の方が発狂しているかのように見えた。

栗野博士と一作爺も、澄夫と一緒に度を失った。

「コレコレ……退かんか……」

「コラッ……コン外道《げどう》……」

と二人が声を揃えて怒鳴りつけるうちに一作が、女の襟首へ手をかけると、古びた負摺の背縫と脇縫が、同時にビリビリと引離れかかった。その手を非常な力で跳ね除けながら、唖女は涙をボロボロと流した。澄夫の顔を指し、又自分の腹部《はら》を指し示して、情なさそうな奇声を発しながら、オドオドと三人の顔を見廻《まわ》した。

「エベエベ……アワアワ。アワアワアワアワ……」

澄夫は絶体絶命の表情をした。唇を血の出る程噛《か》んで、肩をキリキリと逆立たした。

「イヨオ。これは芽出度い」

という頓狂《とんきょう》な声がして、澄夫の背後の廊下から伝六郎が躍り出して来た。又も大盃《おおさかずき》を呷《あお》りつけて、素敵に酔払っているらしく、吉角力《きちずもう》の大関を取ったという双肌《もろはだ》を脱いで、素晴らしい筋肉美を露出《あらわ》している。

「ヨオヨオ。これは芽出度い、婚礼の門口に孕み女とは芽出度い、イヤア……汝《なんじ》あ裏山のお花坊じゃねえかい。こん外道人間、片輪とは言いながら親の死んだ事も知らじい、どこをウロつきおったかい。どこの……子をば孕うで来おったかい。ええ。コレ……コレ……」

と言ううちにお花の両脇の下に手を入れて軽々と抱き上げた。お花は引離されまいとする一所懸命さに、片手でいろいろな手真似をしい、線香花火のように暴れ出した。襤褸《ぼろ》布片《きれ》の腰巻が脱け落ちそうになったまま叫び続けた。

「アワアワアワ。エベエベエベエベ。ギャアギャアギャアギャアギャア」

「アハハハ、わかったわかった。感心感心。ウムウム。エベエベエベじゃ。ペッペッ。臭いなあ貴様は……アハハハ。わかったわかった。つまり近いうちに子供が生まれるけに、この若先生に頼んで生ませて貰《もら》いたいチュウのか……ウムウム。なかなか良うわかっとる。エベエベ。感心感心」

「エベエベエベエベエベ」

「ええ。泣くな泣くな。縁起の悪い。ウムウム。わかったわかった。そうかそうか。よしよし。俺が頼うでやる。頼うでやる。柔順《おとな》しゅうしとれ」

「エベエベエベエベ」

「なあ若先生。魂消《たまげ》なさる事はない。こりゃあ芽出度い事ですばい。たとい精神異常者《きちがい》じゃろが、唖女じゃろが、こりゃあ福の神様ですばい。何も知らじい来た、今日のお祝いの御使姫《つかわしめ》ですばい。何とかして物置の隅でも何でも結構ですけに、置いてやって下さいませや。本来ならば役場で世話せにゃならぬ処ですけれど、この村にゃ設備が御座いませんけに、なあ先生。功徳で御座いますけに……きょうのお祝いに来た人間なら何かの因縁と思うて、なあ若先生……これ位、芽出度い事は御座いませんばい」

「…………」

「どうぞもし……どうぞ若先生。先生の病院はこの功徳の評判だけでも大繁昌《はんじょう》ですばい。アハハ……なあ花坊。祝い芽出度の若松様よ……トナ……さあ、花ちゃん。この手を離しなさい。柔順《おとな》しゅうこの帯を離しなさい。この若先生が診てやると仰言るけに……」

双肌脱ぎの伝六郎が、音に聞こえた強力で、お花の腕を捥《も》ぎ離そうとするたびに、帯際を摑まれている澄夫は式台の上でヨロヨロとよろめいた。

「コレコレ。離せと言うたら。恐ろしい力じゃ。コレコレここ、離しおれと言うたら……言うたて聞こえんけに往生するのう。袴の紐《ひも》が切れるてや。ええ若先生。この袴と帯を解かっしゃれ。アトは私が引受けますけに……」

今にも気絶しそうに生汗を滴《したた》らしながら唖女の瞳《ひとみ》を一心に凝視していた澄夫は、この時やっと気を取直したらしく、伝六郎の顔を見て真赤になった。暗涙を浮かめた瞳で背後の栗野博士を振返ると、すこしばかり頭を下げた。やっとの思いで唇をわななかした。

「誠に……恐れ入りますが、モルフィンを少しばかり、お願い出来ますまいか……一プロ……ぐらいで結構ですが……」

「オット。モルヒネなら失礼ながら、私が作りましょう。長らくこの病院の留守番をさせられて、案内を知っておりまするので……」

栗野博士の背後から頓野老人が山羊鬚《やぎひげ》を突出した。

「二番目の棚の右の端で御座ったの」

と言ううちに自分で二つ三つうなずきながら、大仰に袴の両端を取った頓野老人は、玄関脇の薬局にヨチヨチと走り込んだ。ホントウにこの家の案内を知っているらしく、突当りの薬戸棚の硝子《ガラス》戸を開いて、旧式の黒柿製の秘薬箱を取出して調薬棚の上に置いた。その中から抓《つま》み出した小型の注射器に蒸溜水を七分目ほど入れて、箱の片隅の小さな薬瓶の中の白い粉を、薬包紙の上に零《たら》すと、指の先で無造作に抓み取りながら、注射器の中へポロポロとヒネリ込んだ。活栓《かっせん》と針を手早く添えて、中身の液体をシーソー式に動かすと、薬の残りを箱の中の瓶に返して、右手にアルコールを涵《ひた》した脱脂綿と、万創膏を持ちながら薬局を出て来た。

「ヘッヘッヘッ。わしは元来胆石でなあ。飲み過ぎると胸が痛み出す。痛み出すと自分でこの注射をやって眠るのが楽しみでなあ。ヒッヒッ。この見量なら下手な天秤《てんびん》よりもヨッポドたしかじゃ。生命がけの練習しとるけになあ。……さあ作って来ました。六分の一ゲレンじゃからちょうど一プロの一瓦《グラム》じゃ。相手が相手じゃけに相当利きましょう。さあ……」

澄夫は、こうした頓野老人の自慢の離れ業を格別、驚いた様子もなく受取った。無造作に狂女《きちがい》の右腕を捕まえて注射した。

唖女のお花は痛がらなかった。却《かえ》って何となく嬉しそうに注射器と澄夫の顔を見比べてニコニコしていたが、注射が済むと、何と思ったか急に温柔しく手を離して、伝六郎と一作に手を引かれながら、襤褸の腰巻を引擦り引擦り立ち上った。もう真暗になった軒下を、裏手の物置納屋の処へ来た。

納屋の前まで来た時、彼女はモウ眠気を感じているらしかった。先に立った一作が造ってくれた古藁《ふるわら》と、古茣蓙《ござ》の寝床へコロリと横になって眼を閉じた。大きな腹の上に左手を投げかけると、もうスヤスヤと寝息を立てていた。

かつて殿様のお鷹野《たかの》の時に、御休息所になったと言う十畳の離座敷は、障子が新しく張換えられ、床の間に古流の松竹が生けられて、寂《さ》びの深い重代の金屏風《びょうぶ》が二枚建てまわして在る。その中に輪違いの紋と、墨絵の馬を染出した縮緬《ちりめん》の大夜具が高々と敷かれて、昔風の紫房《しぶさ》の括枕《くくりまくら》を寝床の上に、金房のついた朱塗の高枕を、枕元の片傍に置いて在った。

その枕元に近い如鱗《にょりん》の長火鉢の上に架かった鉄瓶からシュンシュンと湯気が立っていた。

仲人《なこうど》栗野博士から、唖女に対する伝六郎の口上を、身振り手真似、声色入りで聞かされた花嫁の初枝は、たしなみも忘れて、声を立てながら笑い入った。そうして、

「まあまあ大事にしてやんなさい。医者の人気というものはコンな事から立つものじゃけに……そのうちに私が県庁へ手続きをして行路病人の収容所へ入れて上げるけに……」

という博士の話を聞いて初枝はスッカリ安心したらしく、両手を突いて頭を下げながらホッとタメ息をしてみた。しかし新郎の澄夫は両手をキチンと膝《ひざ》に置いて頸低《うなだ》れたまま、ニンガリもせずに謹聴していた。

それから博士夫妻の介添で、床盃の式が済んで二人きりになると、最前から憂鬱《ゆううつ》な顔をし続けていた澄夫は、無造作に…………。塗枕と反対側の床の間の方を向いて、両腕を組んで、両脚を縮めたまま凝然と眼を閉じた。

澄夫の着物を畳んで、衣桁《えもんかけ》にかけた花嫁の初枝は、…………、…………、

透きとおるような声で、

「おやすみ遊ばせ」

とハッキリ言うと、石のように頬を固《こわ》ばらせたまま冷然と眼を閉じている…………、

…………、出来るだけ静かに…………、…………。

しかし澄夫は動かなかった。呼吸をしているのか、どうかすら判然《わか》らない位凝然《じっ》と静まり返っていた。初枝も天鵞絨《びろうど》の夜具の襟をソッと引上げて、水々しい高島田の髱《たぼ》を気にしいしい白い額と、青い眉《まゆ》を蔽《おお》うた。

白湯《さゆ》の音がシンシンと部屋の中に満ち満ちた。

新郎――澄夫は、その白湯の音に耳を澄ましながら、物置の中に寝ている唖女の事ば

かりを一心に考え続けていた。

それは去年の八月の末の事であった。

暑中休暇の数十日を田舎の自宅で潰《つぶ》して、やっとの事で卒業論文を書上げた彼は、正午《ひる》下りの晴れ渡った空の下を、裏山の方へ散歩に出かけた。

彼の両親はもう、三か月ばかり前に老病で相前後して死んでいた。後の医業《しごと》は彼の父の友人で、倅《せがれ》に跡目を譲って隠居している隣村の頓野老人が来て、引受けてくれていたので、彼はただ一所懸命に勉強して大学を卒業するばかりであった。しかも天性柔良で、頭のいい彼は、各教授から可愛がられていたし、自分自身にも首席で卒業し得る自信を十分に持っていた。卒業論文が出来上れば、もう心配な事は一つもないと言ってよかった。

彼は完全な両親の愛の中で育ったせいであろう、庭球以外には何一つ道楽らしい道楽を持っていなかった。もちろん女なんかには、こっちから恐れて近づき得ないような、いわゆる聖人型だったので、二十四歳の大学卒業間際まで、完全な童貞の生活を送っていた。それは中学時代の一つの秘密の誇りでもあった。

だから来年に近づいて来た結婚に対する彼の期待は、彼の極めて健康な、どちらかと言えば脂肪肥りの全身に満ちみちていた。田圃《たんぼ》道でスレ違いざまにお辞儀をして行く村の娘の髪毛の臭気を嗅《か》いでも彼は烈しいインスピレーションみたようなものに打たれて眼がクラクラとする位であった。

だから、そんなものに出会うのを恐れた彼はこの時にも、わざと傍道《よこみち》へ外《そ》れて、彼の家の背後の山陰に盛上った鎮守の森の中へフラフラと歩み入った。そのヒイヤリとした日陰の木の間を横切って行く白い蝶《ちょう》の姿を見ても、又は、はるか向うの鉄道線路を匐い登って行く三毛猫の、しなやかな身体つきを見ただけでも、言い知れぬ神秘的な悩みに全身を疼《うず》かせつつ、鎮守の森の行詰まりの細道を、降るような蟬の声に送られながら、裏山の方へ登って行った。

忽《たちま》ち、たまらない草イキレと、木陰の青葉に蒸れ返る太陽の芳香《におい》が、おそろしい女の体臭のように彼を引包んだ。行けば行くほどその青臭い、物狂おしい太陽の香気が高まって来た。彼は窒息しそうになった。

むろん医学生である彼は、その息苦しくなって来る官能の悩みが、どこから生まれて来るかを知っていた。同時にその悩ましさから解放され得る或《あ》る……誘惑を、たまらなく気づいているのであった。だから彼は、現在、蒸れ返るような青葉の芳香の中で、その誘惑を最高潮に感じたトタンに、自分のフックリと白い手の甲についた……汗じみた、甘鹹《あまたる》い手の甲の皮膚をシッカリと……××て気を散らそうと試みた……が……しかしその手の甲の肉から湧き起る痛みすらも、一種のタマラない……××のカクテルとなって彼の全身に渦巻き伝わり、狂いめぐるのであった。

彼は突然に眼を閉じ、唇を噛《か》み締《し》めて、雑木藪の中を盲滅法に驀進《ばくしん》し始めた。あたかも背後から追いかけて来る何かの怖ろしい誘惑から逃れようとするかのように、又は、それが当然、意志の薄弱な彼が、責罰として受けねばならぬ苦行であるかのように。袷衣《あわせ》一枚の全身にチクチク刺さる松や竹の枝露わな向う《むこ》脛《ずね》から内股《うちまた》をガリガリと引《ひ》っ掻《か》き突刺す草や木の刺針《はり》の行列の痛さを構わずに、盲滅法に前進した。全身汗にまみれて、息を切らした。そうして胸が苦しくなって、眼がまわりそうになって来た時、突然に、前を遮る雑木藪の抵抗を感じなくなったので、彼はヒョロヒョロとよろめいて立佇まった。

彼はまだ眼を閉じていた。はだかった胸と、露わになった両脚を吹く涼しい風を感じながら、遠く近くから疎らに聞こえて来るツクツク法師の声に耳を傾けていた。山中の静けさがヒシヒシと身に沁《し》み透るのを感じていた。

突然、鳥とも獣ともつかぬ奇妙な声がケタタマシク彼を驚かした。

「ケケケケケケケケ……」

彼はビックリして眼を見開いた。彼は山の中の空地の一端に佇《たたず》んでいたのであった。そこは、巨大な楠《くすのき》や榎《えのき》に囲まれた丘陵《おか》の上の空地であった。この村の昔の名主の屋敷址《あと》で、かなり広い平地一面に低い小笹がザワザワと生え覆《かぶ》さっている。その向うの片隅に屋根が草だらけになり、白壁がボロボロになった土蔵《くら》が一戸前、朽ち残っていた。

その倉庫の二階の格子窓から白い手が出て一心に彼をさし招いている。その手の陰に、凄《すご》い程白く塗った若い女の顔と、気味の悪い程赤い唇と、神々しいくらい純真に輝やく瞳《ひとみ》と、額に乱れかかった夥《おびただ》しい髪毛が見えた。それが窓から洩《さ》し込む烈しい光線に白い歯を美しく輝やかした。

「……キキキ……ヒヒヒ……ケケケ……」

その幽霊のように凄い美しさ……なまめかしさ、眼も眩《くら》むほどの魅惑……白昼の妖精《ようせい》……。

彼は骨の髄《しん》までゾーッとしながら前後左右を見まわした。

彼の頭の上には真夏の青空がシーンと澄み渡って蟬の声さえ途絶えている。彼を見守っているものは、空地の四方を囲む樹々の幹ばかりである。

彼は全身を石のように固くした。静かに笹原を分けて土蔵の方へ近づいた。

窓の顔が今一度嬉《うれ》しそうにキキと笑った。すぐに手を引込めて、窓際から離れて、下へ降りて行く気はいであった。

土蔵の戸前には簡単な引っかけ輪鉄が引っかかって、タヨリない枯枝が一本挿し込んで在るキリであった。それを引抜くと同時に内側で、落桟《さん》を上げる音がコトリとした。

彼は眼が眩んだ。呼吸を喘ませながら重い板戸をゴトリと開けた。

「キキキキキキキキ……」

そこまで考え続けて来ると彼は寝床の中で一層身体を引縮めた。背後にムヤムヤと睡っているらしい花嫁……初枝の寝息を鉄瓶の湯気の音と一緒に聞きながらなおも考え続けた。

……それは彼の生まれて始めての過失であると同時に、彼の良心の最後の致命傷であった。

その後、その重大な過失の相手である唖女のお花が行方不明となり、そのお花の言葉を理解し得るタッタ一人の父親、門八が、彼女をなくした悲しみの余りに首を縊《くく》って死んだと聞いた時には彼は、正直の処ホッとしたものであった。最早、天地の間に彼の秘密を知っている者は一人もない。この僅《わず》かな秘密の記憶一つを、彼自身がキレイに忘れて終いさえすれば、彼は今まで通りの完全無欠の童貞……絶対無垢《むく》の青年として、評判の美人……初枝を娶《めと》る事が出来るのだ。

「おお神様、神様。どうぞこの秘密をお守り下さい。この私の罪をお忘れ下さい。もう決して……決して二度とコンナ事をしませんから……」

と彼は人知れず物陰で、手を合わせた事さえ在ったくらい、そうした思い出そのものを恐れ、戦《おのの》き後悔していた。そうして彼は幸福にも一日一日と日を送って行くうちに、もう殆《ほと》んど、そうした良心の傷手を忘れかけていた。彼は彼自身の社会に対する一切の野心と欲望を擲《なげう》って、美人の妻と一緒に田舎に埋もれるという、涙ぐましいほどに甘美な夢を、安心して、夜となく昼となく逐《お》い続けている処であった。

その甘美な夢が、今、無残にもタタキ破られてしまったのであった。

時も時……折も折……忘れるともなく忘れて、消えるともなく消え失せていた彼の過去の微《かす》かな秘密が、突然に、何千、何万、何億倍された恐ろしい現実となって彼の眼の前に出現し、切迫して来たのであった。

見るも浅ましい孕《はら》み女、物を得言わぬ聾唖者《つんぼ》、それが口にこそ言い得ね、手真似にこそ出し得ね、正当な彼の妻である事を現実に立証し、要求すべく立現われて来たのであった。それは、ほかの人間たちには絶対にわからない、ただ彼にだけ理解される、恐ろしい不可抗力的な復讐《ふくしゅう》に相違なかった。

……もしも彼女がタッタ一言でも物を言い得たら……否々。一人でも彼女の手真似を正当に理解し得る者がいたら……そうして、それだけの恐怖、不安、戦慄《せんりつ》を、今日の日に限ってこの家の玄関に持込んで来たのが、彼女の意識的な計画であったら……。

……それがさながらに悪魔の知恵で計画された復讐のように残酷な、手酷《てきび》しい時機と場面を選んで来た事はトテモ偶然と思えない。白痴の一つ記憶《おぼえ》式の一念で、言わず語らずのうちに彼女がそうした処を狙って、時機を待っていたかのようにも思える。又は全然そうでないかのようにも思える。

……そうした判断の不可能な事を考え合わせると、その恐怖、不安、戦慄が更に更に神秘数層倍されて来るのであった。

彼は思わず今一度ゾッとして身体を縮めた。パッチリと眼を見開いて、静かに振返ってみると花嫁の初枝は、夜具の襟に顔を埋めてスヤスヤ眠っているようである。

彼は極めて注意深くソロソロと夜具を脱け出した。枕元の障子をすこしずつ少しずつ音を立てないように開けて廊下に出て、足音を窃《ぬす》み窃み渡殿伝いに母屋の様子を窺《うかが》った。

家中が森閑と寝静まって給仕人の足音も途絶えている。勝手の方の灯も消えてしまって、ただ奥座敷に寝ているらしい伝六郎の寝言とも歌ともつかぬグウタラな呆《とぼ》け声が聞えている……その声を聞き聞き彼は真暗な中廊下を抜けて、玄関脇の薬局の扉を開いた。

薬局の三方硝子《ガラス》窓の外は雪のように輝やいていた。西に傾いて一段と冴《さ》え返った満月に眩《まぶ》しく照らされた巴旦杏《はたんきょう》の花が、鉛色の影を大地一面に漂わしていた。

中央の調薬台の前に立った彼は恍惚《うっとり》としてその白い光に見惚《みと》れていた。そうして今日までに彼が見たり聞いたりした幾多のいわゆる成功者、すなわち立志伝中の人々が……如何《いか》に残忍な、血も涙もない卑劣な方法をもって弱者を蹂躙《じゅうりん》し、踏み殺して来たかを連想し、想起し続けていた。

……俺もその一人にならなければならぬ。否々。もっともっと強い人間にならねばならぬ。貴い俺自身の一生涯……これだけの頭脳と、知識と……この若い血と、肉と、豊かな情緒とを彼の見苦しい淋《さび》しい廃物同然の唖女の一生と釣換えにしてたまるものか……これは当然の事なのだ。天地自然の理法なのだ。ちっとも恥ずる処はない。咎《とが》められる処もない。ただ他人に見咎められさえしなければ……疑われさえしなければいいのだ。ちっとも構わない。何でもない事なのだ。

そんな事を考えまわしているうちに、いつの間にか、雪の光に包まれたような寒さを感じ始めたので、彼はハッとして吾《われ》に帰った。

頭のシンは睡くてたまらないのに、意識だけはシャンシャンと冴え返っているような気持ちで彼は正面の薬戸棚の抽出しから小さなカプセルを一個取出した。それから突当りの薬戸棚の硝子戸を開いて、きょう昼間、頓野老人が持出した黒柿の秘薬箱を今一度取出して、調合棚の上に置いた。その中から、やはり今日頓野老人が扱った塩酸モルヒネの小瓶を抓《つま》み出して、その中の白い粉末の小量を、月の光に透かしながらカプセルに落し込んだが、多過ぎると思ったらしく又、その中の極微量を小瓶の中へ落し返してから、カプセルの蓋《ふた》をシッカリと蔽《おお》うた。それから何もかもモト通りに直して、薬戸棚の硝子戸をピッタリと閉じた。

その時に彼の背後の開け放しにして来た廊下の暗闇で微かな深い溜息《ためいき》が聞こえたように思ったので、彼はハッとばかり固くなった。慌ててカプセルを右手に握り込んだまま、指先走りに廊下に出てみたが、しかしそこには何の人影もなく、真暗な中廊下の向うの、閉め忘れて来た湯殿の入口の片側に、白桃の花が白々と月あかりに見えたので、今度は彼自身が思わず、深いタメ息をさせられた。

彼は彼自身を勇気づけるかのようにタッタ一人で微笑した。悠々と薬局に帰って、小型のビーカーを取上げると常水を六分目程満たした。塩酸モルヒネ入りのカプセルと一緒に左手に持って、薬局用のスリッパを爪探《つまさぐ》った。薬局の横の扉の掛金を外して、勝手口の外側に出た。

軒下の暗がり伝いに足音を窃《ぬす》み窃み、台所の角に取つけた新しいコールタ塗の雨樋《あまどい》をめぐって、裏手の風呂場《ふろば》と、納屋の物置の廂《ひさし》合いの下に来た。

そこでは西へ傾いた月が、かなり深い暗がりを作って、直ぐ横手の白光りする土蔵の壁を、真四角に区切っていた。

彼は絶対に音を立てないように……まだ麻酔しているであろう唖女の眼を醒《さ》まさないように、用心しいしい納屋の扉の掛金を外した。

……すると……納屋の中の暗がりで、突然にガサガサと藁《わら》の音がし始めた。たまらない乞食《こじき》臭い異臭《いき》がムウと襲いかかって来た。……と思う間もなく獣のように髪を振乱した怪物……逞《たくま》しい、……唖女が飛出して来て、イキナリ彼に抱きついた。心から嬉しそうに笑った。

「キイキイ……キキキキキ……」

その鵙《もず》さながらの声は月夜の建物と、その周囲をめぐる果樹園に響き渡って消え失せた。

彼は一切が破滅したように思った。眼も眩《くら》むほど胸がドキンドキンとした。全身にゾーッと生汗を掻《か》きながら今一度、静かに左右を振返ってみたが、その彼の怯《おび》えた視線は、タッタ今通って来た台所の角の、新しい黒い雨樋の処へピタリと吸い寄せられた。同時に彼の全神経が水晶のように凝固してしまった。

そこには、離座敷から彼の行動を跟《つ》けて来たらしい花嫁の初枝の、冴え返った顔が覗《のぞ》いていた。昨夜のままの濃化粧と、口紅のクッキリとした、高島田の金元結の艶《なま》めかしい、黒い大きな瞳《ひとみ》を一パイに見開いた人形のような瓜実顔《うりざねがお》が、月の光に浮彫りされたまま、半分以上雨樋の陰から覗き出して彼の姿を一心に凝視しているのであった。

彼はソレを月の光に照し出された巴旦杏の花の幻覚《まぼろし》かと思った。右手で左右の眼をグイグイと強くコスッて今一度よく見直した。

それは、たしかに花嫁の初枝の顔に相違なかった。鬢《びん》のホツレ毛が二、三本、横頬に乱れかかっているのが、傾いた月の光でハッキリと見えた。その二つの黒い瞳が、マトモにこっちを凝視したまま、大きく、ユックリと二つばかり瞬いたのが見えた。同時に、その真白い頬から大粒の涙の球《たま》が、キラリキラリと月の光を帯びて、土の上に滴り落ちるのが見えた。

彼は、彼の足元の大地が、その涙の落ちて行く方向にグングンと傾いて行くように感じた。持っているビーカーを取落しそうになった。

その時に彼に取縋《とりすが》っているオドロオドロしい姿が、泥だらけの左手をあげて、初枝の顔を指した。勝ち誇るように笑った。

「ケケケケ……エベエベエベ……キキキキ……」

人形のような高島田の顔が、静かに雨樋の陰から離れた。長々と地面に引擦った燃え立つような緋縮緬《ひぢりめん》の長襦袢《ながじゅばん》の裾《すそ》に、白い脛《すね》と、白い素足が交る交る月の光を反射しいしい、彼の眼の前に近づいて来た。

彼はカプセルを自分の口に入れた。ビーカーの水を……その中にゆらめく月の光を凝視しつつ……思い切ってガブガブと飲んだ。

人間レコード

昭和《しょうわ》×年の十月三日午後六時半。

玄海洋《げんかいなだ》の颱青雲を帯びた曇天がもうトップリと暮れていた。

下関《しものせき》の桟橋へ着いた七千噸《トン》級の関釜《かんぷ》連絡船、楽浪丸の一等船室から一人の見穿《みすぼ》らしい西洋人がヒョロヒョロと出て来た。背丈が日本人よりも低い貧弱な老人で、何の病気かわからないが骨と皮ばかりに瘠せ衰えている。綺麗《きれい》に剃《そ》り上げた頬の皺《しわ》は、濡《ぬ》れた紙のように弾力を失って、甲板《デッキ》の上からトロンと見据えた大きな真珠色の瞳《ひとみ》は、夢遊病者のソレのようにウットリと下関駅の灯を映している。白茶気た羅紗《ラシャ》の旅行服に、銀鼠色のフェルト帽を眉《まゆ》深く冠って、カンガルー皮の靴を音もなく運んで来た姿は、幽霊さながらの弱々しい感じである。手荷物は赤帽に託したものらしい。瘠せ枯れて生白い手には細い、銀頭の竹のステッキを一本抓《つま》んでいるきり、何も持っていない。甲板まで見送って来た連絡船のボーイ連にチョット脱帽したが、頭は真白く禿《は》げたツルツル坊主であった。

ボーイ連も何となく彼の姿を奇妙に感じたのであろう。高い甲板の上から五、六人、瞳を揃えて遠ざかって行く彼のうしろ姿を見送っていた。彼もタッタ一人でトボトボと税関の前アタリまで来ると何かしら不安を感じたらしく、眩《まぶ》しい電燈の下で立停まって、そこいらを見まわしていたが、そのうちに、三等船室の方から一人の背の高い、モーニングを着た、顔にアバタのある朝鮮《ちようせん》人らしい紳士が降りて来るのを見ると、初めて安心したらしくチョコチョコと歩き出して、そのアトを追いかけ始めた。

朝鮮紳士はソンナ事を気付かぬらしく、サッサと桟橋を渡って下関駅の改札口を出た。そのままコソコソと人ごみの陰に隠れると何気もない体で振り返って、今の小さな西洋人が、新しいハンカチで額の汗を拭《ふ》き拭き、八時三十分発急行列車富士《ふじ》号の方へヨチヨチと歩いて行くのを見送ると、直ぐに公衆電報扱所へ走り寄って、前から準備して書いていたらしい電報を一通打った。

「レコード」シモノセキニック」フジニノル」

打電先は東京銀座《ぎんざ》尾張《おわり》町×丁目×番地、コンドル・レコード商会古川某であった。打ってしまうと、朝鮮紳士は自分の背後《うしろ》に順番を待っているらしいデップリした、色の黒い、人相の悪い中年の紳士を振り返ってジロリと睨《にら》み付けた……が……しかしその人相の悪い紳士は見向きもせずに、自分の電報を窓口に置いて切手を嘗《な》めてトントンと叩《たた》き付けて差出した。そうして係員が受取るのをやはり見向きもせずに駅を出て、程近い駅前の山陽《さんよう》ホテルにサッサと入って行った。

山陽ホテルの駅前街路を見晴らす豪華な一室に、立派な緞子《どんす》の支那《しな》服を着た、髭髯《ひげ》と眉毛《まゆげ》の長い巨漢《おおおとこ》が坐《すわ》っていた。白々と肥満した恰好《かっこう》から切れ目の長い一重瞼《まぶた》まで、縦から見ても横から見ても支那人としか思えなかったが、その前にツカツカと近づいた今の人相の悪い紳士が恭しく一礼すると、その支那人風の巨漢は鮮やかなドッシリした日本語で喋《しゃべ》り出した。

「ヤア。御苦労、御苦労。どうだったね。結果は……」

人相の悪い紳士は苦笑いと一緒に頭を下げた。中禿《はげ》の額の汗を拭き拭き椅子に腰をかけた序《ついで》に、支那人風の巨漢に顔をさし寄せて声を潜めた。

「満州《まんしゅう》に入ると直ぐに憲兵司令に命じまして、彼奴《きゃつ》を国境脱出者と見做《みな》して手酷《てきび》しく責めてみましたが、弱々しい爺《じじい》の癖にナカナカ泥を吐きません」

「旅券を持っていなかったのか」

「持っておりましたが、私がその前に掏《す》り取って置いたのです。古い手ですが……旅券は完全なので、東京××大使館雇員《やとい》を任命されて新に赴任する形式になっております。ここに持っておりますが」

「買収してみたかい」

「テンデ応じませんし、ホントウに何も知らないらしいのです。仕方がありませんから××領事へ紹介して旅券の再交付をして立たせましたが、チットも怪しむべき点はありません」

「そんな事だろうと思った。大抵の奴なら君の手にかかれば一も二もない筈《はず》だがね」

「それがホントウに何も知らないらしいのです。ただタイプライターが上手で、日本文字に精通していると言うだけの爺としか見えませんから、仕方なしに××領事の了解を経てコッチへ立たせた訳ですが、しかし、どう考えても怪しい気がしてなりませんので、取敢《あ》えず閣下に彼奴の写真《スナップ》をお送りして置いて、ここまでアトを跟《つ》けて来た訳ですが……」

「ウム。君の着眼は間違いない。彼奴は密使に相違ないと僕も思う。この頃、欧州の時局が緊張して、露独の国境が険悪になったので、露国は満蒙《まんもう》、新疆《しんきょう》方面にばかり力を入れる訳に行かぬ。じゃから遠からず東亜の武力工作をやめて、赤化宣伝工作に移るに違いないのじゃ。露国が一番恐れているのは日本の武力でもなければ、科学文化の力でもない。日本人の民族的に底強い素質じゃ。三千年来その良心として死守し、伝統して来た忠君愛国の信念じゃからのう。コイツを赤化してしまえば、東洋諸国は全部露西亜《ロシア》のものと確信しているのじゃからのう」

「成る程」

「その赤化宣伝工作に関する重大なメッセージか何かを、彼奴が何処かに隠して持って来ているに違いないのじゃが……」

「昏睡《こんすい》させて置いて、鞄《かばん》は勿論《もちろん》彼奴の旅行服の縫目から、フェルト帽から、カンガルー靴の底まで念入りに調べましたが、疑うべき点は一つも御座いません。ただ一つ……」

「何だ……」

「ただ一つ……」

「何がタダ一つだ……」

「あの老人を哈爾賓《ハルピン》から見送って来た朝鮮人が、下関駅でタッタ今電報を打ちました。銀座尾張町のレコード屋の古川という男に打ったものですが……」

「ウムウム。あの男なら監視させておるから大丈夫じゃが……その電文の内容は……」

「レコード着いた。富士に乗る……と言うので……」

「しめたぞ……それでええのじゃ」

支那人風の巨漢がイキナリ膝《ひざ》を打って大きな声を出した。

「エッ」

人相の悪い紳士は眼をパチクリさせた。

支那人風の巨漢は顔中に張切れんばかりの笑いを浮かべて立上った。

「ハハハ。イヨイヨ人間レコードを使いおったわい」

「エッ……人間レコード……」

「ウム。露西亜で発明された人間レコードじゃ。本人は何一つ記憶せんのに脳髄にだけ電気を吹込んで、複雑な文句を記憶させるという、医学上の新発見を応用した人間レコードと言うものじゃ。ずっと以前からネバ河口の信号所の地下室で作り出して、欧羅巴《ヨーロッパ》方面の密使に使用しておったものじゃが、この頃日本の機密探知手段が極度に巧妙になって来たので、ヤリ切れなくなって使い始めたものに違いない。事によると今度が皮切りかも知れんて……」

「人間レコード……人間レコード……」

「ウム」

支那人風の巨漢は唖然《あぜん》となっている相手の顔を見下して大笑した。

「アハハハ。モウ手配はチャントして在るよ。君の手におえん位の奴ならモウ人間レコードにきまっとるからのう。ハハハ」

山陽線の厚狭《あさ》を出たばかりの特急列車富士号がフル・スピードをかけて南に大曲りをしている。今まで列車の尻《しり》ペタに吸い付いていた真赤な三日月をヤット地平線上に振り離したばかりの処である。

展望車に接近した特別貸切室の扉《ドア》の前に、二十二、三ぐらいのスマートな青年ボーイが突立ったまま凭《もた》れかかって、コクリコクリと居睡《いねむ》りをしている。その毛布の下から出た一本の細い、黒いゴム管が、ボーイの上衣の下から、何気なく後に廻《まわ》した左手の指先に伝わって、お尻の陰の扉の鍵穴《かぎあな》に刺さっている。音も何もしない。ボーイは帽子を傾けたままコクリコクリと動揺に揺られている。

そこへ水瓶とコップのお盆を抱えた十八、九の綺麗な少年ボーイが爪先《つまさき》走りに通りかかったが、青年ボーイの前に来るとピタリと立停まって、伸び上りながら耳に口を寄せた。

「持って来ました」

青年ボーイは眼を青白く見開いて冷やかに笑った。無言のまま毛布と、黒い毛糸で包んだガス発生器らしいものと、ゴム管を一まとめにして毛布の中に丸め込んで弟分のボーイに渡すと、車掌用の合鍵とネジ廻しを使って迅速に扉の掛金と鍵を開いた。ハンカチで鼻を蔽いながら少年ボーイと二人で室内に入ってガッチリと鍵を卸《おろ》した。大急ぎで窓を開くと、つめたい夜気と共に、急に高まった列車の轟音《ごうおん》が室内にみちみちた。

赤茶気た室内電燈《でんとう》に照らされた寝台の中には、最前の小柄な瘠せ枯れた白人の老爺《ろうや》が、被布《シーツ》から脱け出してゴリゴリギューギューと鼾《いびき》を掻《か》いている。

青年ボーイが少年ボーイを振返った。

「列車の中に相棒はいないね」

少年ボーイが簡単にうなずいた。青年ボーイが今一度冷笑した。

「フン。ここまで来れば東京まで一直線だからね。人間レコードだと思って安心していやがる」

「エッ。人間レコード……」

少年ボーイがビックリしたらしく眼を丸くした。青年ボーイの凄味に冴《さ》えかえった顔を見上げて唇をわななかした。

「ウン。この爺が人間レコードなんだよ。アンマリたびたび人間レコードに使われるもんだから、コンナに瘠せ衰えているんだ」

「人間レコード……」

少年ボーイはさながら生きた幽霊でも見るかのように、暗い逆光線をゲッソリと浮き出させた老人の寝顔を見下した。

「ウン。今見てろ。このレコードを回転させて見せるから……」

青年ボーイの手が敏活に動き出した。老人の胸を掻き開いて、肋骨《ろっこつ》の並んだ乳の上に無色透明の液二筒と茶褐色の液一筒と都合三筒ほど、慣れた手付で注射をした。そのまま窓を閉めて扉《ドア》の外へ出ると帽子を冠《かぶ》り直して、少年ボーイが捧《ささ》げる水瓶とコップのお盆を受取って、ツカツカと展望車に歩み入った。ズッと向うの籐椅子《とういす》のクッションに埋まっている、派手な姿《なり》した白人のお婆さんの前に近付いた。

「ヘイ、お待遠さま」

「アリガト」

そう言った口紅、頬紅の嫌味たらしいお婆さんが、青年ボーイの手に何枚かの銀貨を渡すと、彼は帽子を脱いで意気地なくペコペコした。

「マア……キレイ……お月様……」

老婦人が指《ゆび》さす方を見ると、又も一曲りした列車の後尾に、醜く黄疸《おうだん》色をした巨大な三日月が沈みかかっていた。

青年ボーイはニッコリと笑って首肯《うなず》いた。今一度帽子を脱いで展望車から出て行った。

一等車のボーイ室では少年ボーイが、山のように積上げた乗客の手荷物を片付けていた。トランク、信玄袋、亀の子煎餅《せんべい》、バナナ籠《かご》、風呂敷包《ふろしきづつ》み……その下から出て来た、ビラの付かないズックの四角い鞄の中から受話器を取出して耳に当てた。そこへ帰って来た青年ボーイが身体で入口を蔽《おお》いながら笑った。

「馬鹿……見付かったらドウする」

少年ボーイは顔を真赤にした。慌てて受話器をズック鞄の中へ返したが、その眼は好奇心に輝いていた。

「何か聞こえるかい」

「ええ。あの爺のイビキの声が聞こえます。すこしイビキの調子が変ったようです」

「コードの連絡の工合はいいな」

「ええ上等です。あの豆電燈のマイクロフォンも、この部屋へ連絡している人絹コードも僕の新発明のパリパリですからね」

「ウン。今度のことがうまく行けばタンマリ貰《もら》えるぞ」

「ええ。僕は勲章が欲しんですけど……」

「ハハ。今に貰って遣《や》らあ……オット……モウ十分間過ぎちゃったぞ。それじゃモウ一回注射して来るからな……録音器は大丈夫だろうな」

「ええ。一パイの十キロにして置きました。心配なのは鞄の内側の遮音装置だけです」

「ウム。毛布でも引っかけて置け。モトの通りに荷物を積んどけよ」

「聞いちゃいけないんですか。人間レコードの内容を……」

「ウン。仕方がない。こっちへ来い」

「モウ小郡《おごおり》に着きますよ」

「構うものか。五分間停車ぐらい……」

二人はそのまま以前の特別貸切室に入った。内側からガッチリと掛金をかけると、青年ボーイがポケットから注射器を出して、無色透明の液を一筒、寝台の上の老人の腕に消毒も何もしないまま注射した。

老人はモウ全くの死人同様になっていた。全身がグタグタになって、半分開いた瞼《まぶた》の中から覗《のぞ》いている青い瞳《ひとみ》が硝子《ガラス》のように光り、ゲッソリと凹《へこ》んだ両頬の間にポカンと開いた唇と、そこから剝《む》き出された義歯がカラカラにカラビ付いて、さながら木乃伊《ミイラ》の出来たてのような気味の悪い感じをあらわしていた。

それから少年ボーイは枕元の豆電燈の球を抜いて、代りに白い六角の角砂糖ぐらいの小さなマイクロフォンを捻《ね》じ込んだ。そのまま二人は真暗になった車室のクッションに腰を卸して耳を澄ましていた。

列車の速力がダンダン緩くなって来て、蒼白《あおじろ》いのや黄色いのやいろいろの光線が窓硝子を辷《すべ》った。やがて窓の外を大きな声が、

「小郡イ――イ。オゴオリ――イ」

と怒鳴って行った。

青年ボーイが身動きしないまま傍の少年ボーイに囁《ささや》いた。

「今のも録音機のフィルムに感じたろうか」

「感じてます。機械を列車の蓄電池と繫《つな》ぎ合わせて開け放していますから……まだ五十分ぐらいはフィルムが持ちますよ。今の貴方《あなた》の声だって入ってますよ」

「フフフ……」

二人は又、沈黙に陥った。青年ボーイは所在なさに紙巻を啣《くわ》えて火を点《つ》けた。

少年ボーイが闇の中で手を出した。

「僕にも一本下さいな」

「馬鹿。フィルムに感じちゃうぞ」

「構いませんから下さい」

「手前《てめえ》。持ってるじゃないか」

「バットなら持ってます。貴方のは露西亜《ロシア》巻でしょう」

「よく知ってるな。ハハア。匂いでわかったナ」

「イイエ。見てたんです。さっき注射なすった時にあの爺のパジャマのポケットから……」

「シッ。フフフ……」

突然列車が烈しくガタガタと揺れた。小郡駅構内の上り線ポイントを通過したのだ。車室の中が又真暗くシインとなってしまった。

すると突然に列車の動揺にユスリ出されたような奇妙な声が、寝台の中から起って来た。それはカスレた金属性の、低い、老人の声で、しかもハッキリした日本語であった。夢のようにユックリと落ち着いた口調であった。

「日本の……、……、……、…………諸君よ……諸君、民衆の民族的……のためにせよ……諸君……日本の……が……土地……に眼ざめ、成長する事を……のである」

「わかるかい」

と青年ボーイの声……。

「わかります。ソビエットの宣伝でしょう」

と少年ボーイの緊張に震えた声……。

「片山潜の口調だよ。こりゃあ……」

「エッ片山潜……」

「そうだ。日本で×××運動をやって露西亜へ逃込んだ今年七十か八十ぐらいの老闘士だ。今東洋方面の宣伝係長みたいなものをやっている。彼奴《あいつ》の声だよこりゃあ」

「どうしてわかります」

「この前コイツの宣伝レコードが日本に紛れ込んだ事がある。そいつを機密局の地下室で聞かせて貰ったことがあるが、声までソックリだよ。人間レコードって恐ろしいもんだね」

「呆《あき》れた爺ですね。その片山って爺は……」

「ウン。あんまり学問をし過ぎちゃって頭が普通でなくなっているんだよ。医学上でヒポマニーと言う精神病だがね。普通の人間以上のことをしていなくちゃ生きていられないようになっているんだ。そいつを知らないもんだから、日本の×の連中は片山潜と言ったら神様みたいに思っているんだ。ソイツを利用してソビエットが宣伝に使っているんだ」

「つまりこの声をレコードに移して、片山潜の肉声だと言って配るんですね」

「その積りらしいね。非道《ひど》い真似をしやがる」

人間レコードの声は、なおも本物のレコードさながらに続く。

「……英仏の帝国主義政府は、日本のこの皇道精神の発露を公然と妨害しているが、これは単に自己の強盗的利益のために……支那分割の過程に割込んで新しい地域を摑《つか》む機会を得んとしている準備工作に過ぎない。

帝国主義戦争を製造する国際連盟、及びリットン報告書が、日本を裡面《りめん》より如何《いか》に煽《せん》動《どう》し、中国の国際管理と分割を如何に執拗《しつよう》に提議しているかは、欧州《おうしゅう》政局の裡面が最もよく見透かされ得るモスコーにいなければわからないであろう。

米国の汎《はん》アメリカニズムと〇〇〇〇〇の矛盾は益々《ますます》増大しつつ在ると、中国国民党の走狗《そうく》どもは言っているが、これは間違いである。米国が〇〇〇〇〇しようとしていることは、彼等のヒリッピンの統治方法を見ればわかる事である。

これ等の工作の全部を一挙に覆し、地上から○○と○○の影を潜めしむる任務は○○○○○諸君の双肩にかかっている。支那をしてソビエット政府の光栄ある治下に置き、彼等虎狼の爪牙《そうが》から免れしむることは一に新興○○○○○諸君の奮起力にかかっている。起て。奮起せよ。武装せよ。

全世界を○○○○○の治下に置け。

○○○○万歳。

○○○○○○○万歳。

○○とソビエットの○○○万歳。

一九三〇年九月○日党、団、中央」

「何だ。お前、ふるえてるじゃないか」

「ふるえてやしません。ソビエット帝国主義の宣伝の狡猾《こうかつ》さが癪《しゃく》に触っているだけです」

「アハハ。ソビエット帝国主義はよかったナ。この宣伝に欺《だま》されてうっかりソビエットの治下に入ったら最後、その国の労働者農民は、今のソビエットと同様に、運の尽きだからね。資本主義の国が人民から搾るものはお金だけ……ところがソビエット主義が人民から搾り取るものは、血から、涙から、魂のドン底までと言っていいんだからね」

「しかし支那人は直ぐにソビエット主義に共鳴するでしょう」

「ウン。非常な共鳴のし方だ。ドエライ勢いで新疆《しんきょう》方面に拡がっているが、しかし支那人の考えている共産主義は、ホントウのソビエット主義とはすこし違うんだよ」

「ヘエ。ドンナ風に違うんですか」

「ホントの共産主義は要するに『他人のものは我が物。わが物は他人のもの』と言うんだろう」

「そうですね。まあそうですね」

「ところが支那人のは違うんだ。『他人の物は我が物。我が物は我が物』と言うんだから」

「アハハハ」

「ワハッハッハッハッ」

「シッ……フィルムに残りますよ」

「……オヤ……。人間レコードが黙り込んだね。モウ済んだんじゃないかな」

「さあ、どうでしょうか。フィルムは三田尻まで大丈夫持ちますよ」


「号外号外。号外号外。号外号外。東都日報号外。吾《わが》外務当局の重大声明。ソビエット政府に対する重大抗議の内容。外交断絶の第一工作……号外号外」

「号外号外。売国古川某の捕縛号外。ソビエット連絡係逮捕の号外。号外号外。夕刊電報号外号外」

この二枚の号外を応接室の椅子の中で事務員の手から受取った東京駐剳《ちゅうさつ》××大使は

俄然《がぜん》として色を失った。やおらモーニングの巨体を起して、眼の前の安楽椅子に旅行服のまま縮かしこまっている弱々しい禿頭《はげあたま》の老人の眼の前にその号外を突付けた。

老人は受取って眼鏡をかけた。ショボショボと椅子の中に縮み込んで読み終ったが、キョトンとして巨大な大使の顔を見上げた。

その顔を見下した××大使は、見る見る鬼のような顔になった。イキナリ老人にピストルを突付けて威丈高になった。ハッキリとしたモスコー語で言った。

「何処かで喋舌《しゃべ》ったナ。メッセージの内容を……」

老人は椅子から飛上った。ピストルを持つ毛ムクジャラの大使の腕に両手で縋《すが》り付いて喚《わめ》いた。

「ト……飛んでもない。わ……私は人間レコードです。ど……どうしてメッセージの内容を……知っておりましょう」

「黙れ。知っていたに違いない。それを知らぬふりをして日本に売ったに違いない。タッタ一人残っている日本人の連絡係の名前と一緒に……」

「ワッ……」

と言うなり老人は宙を飛んで扉《ドア》の方へ逃げ出したが、その両手がまだ扉へ触れないうちに高く空間に揚がった。キリキリと二、三回回転して床の上に倒れた。扉の表面に赤い血の火花を焦げ付かしたまま……。

その扉が向うから開いて大使夫人が半分顔を出した。モジャモジャした金髪の下から青い瞳《ひとみ》と、真赤な唇をポカンと開いて見せた。大使は慌ててまだ煙の出ているピストルを尻のポケットに押込んだ。

「まあ。どうしたの。アンタ」

「ナアニ。レコードを一枚壊したダケだよ。ハッハッハ」

ちょうどその頃、東京駅入口階上の食堂の片隅で、若い海軍軍医と中学生が紅茶を啜《すす》っていた。

ゴチャゴチャと出入りする人の足音や、皿小鉢の触れ合う音に紛れて二人は仲よく囁《ささや》き合っているが、よく見ると、それは昨夜の富士列車にいた青年ボーイと少年ボーイであった。

「馬鹿に早く手をまわしたもんですね」

「ナアニ。昨夜の録音フィルムが、徳山から海軍飛行機に乗って大阪まで飛んで行くうちに現像されると、そのまま夜の明けないうちに東京に着いたんだよ。あの録音の後の方に在った英国、露西亜、支那の三国密約の内容を聞いたので外務省が初めて決心が出来たんだ。大ビラで売国奴の名を付けて古川某を引括《ひっくく》る事が出来たんだ。みんな予定の行動だったのだよ。徳山と岡山と、広島と姫路にはそれぞれ水上飛行機が待機していたんだよ。今頃はモウ露満国境の守備兵が動き出しているだろう」

中学生が光栄に酔うたように顔を真赤にして紅茶を啜った。

「君の発明したオモチャが大した働きをした訳だよ。勲章ぐらいじゃないと思うね」

「……でも僕は気味が悪かったですよ。途中で怖くなっちゃったんです。あの人間レコードの声を聞いた時に……人間レコードって一体何ですかアレは……」

海軍軍医は左右を見まわした。一段と少年に顔を近付けて紅茶の皿を抱え込んだ。

「イイかい。絶対秘密だよ」

「大丈夫です」

「わかってみれば何でもない話だがね。つまりアンナ風な各国語に通じた正直な人間を高価《たか》い金でレコード用に雇っておいて、極めて重要なメッセージを送る場合に使うんだ。書類なんかイクラ隠したって見付かるし、暗号だって解けない暗号はないんだからね。本人に暗記さして置けばいいようなもんだが、日本人と違って外国人は買収が利くんだから、つまる処、密書を持たせるよりも険難《けんのん》な事になるんだ。ことに露西亜なんかは世界中が敵で、秘密外交の必要な度合が一番高いもんだからトウトウアンナ事を発明したんだね。

先ずアンナ風に何も知らない人間を、昨夜《ゆんべ》みたいに麻酔さして置いて、スコポラミンと阿片《あへん》の合剤を注射して、一層深い、奇妙な、変ダラケの昏睡《こんすい》に陥る。それから十分ばかりしてコカインと、安息香酸と、アイヌの矢尻に使うブシと言う草の汁のアルカロイドの少量を配合した液を注射すると、本人は意識しないまま、脳髄の中の或《あ》る一部分が眼ざめる。そこへ電気吹込みしたレコードの文句を……ドウも肉声では工合が悪いようだがね。そのレコードの音を耳に当てがうと不思議なほどハッキリと記憶する。十枚分ぐらいは楽に入るもんだがね。それから本人が眼をさますと、ただ頭が痛いばっかりで何一つ記憶していない。イクラ拷問されても、買収されても白状する事がないのだから、何処へ送っても秘密の洩《も》れる心配がない……と言う事になるんだ。ところがその人間レコードを向うへ着いてから前の順序で麻酔させて、コカインを一筒注射すると、前に言った脳髄のどこかの一部分が眼を醒《さ》ますんだね。最近に聞いたレコードの文句を夢うつにハッキリと繰返す事実が、モウ東京の大学で実験済みなんだ」

「ヘエ。その薬を貴方《あなた》が発明したんですか」

「発明なんか出来るもんじゃない。盗んだんだよ。ペトログラードのネバ河口に在る信号所の地下室にこの人間レコード製造所が在ることを、日本の機密局では大戦以前から知っていて、苦心惨憺《さんたん》して、その遣《や》り方を盗んで置いたんだ。ところが露国は今まで、日本に対してだけこの手段を使ったことがない。つまり取っときにしといたのを今度初めて使いやがったんだ。一番重大なメッセージだからね」

「何故取っときにしたんでしょう」

「日本の医学は世界一だからね。怖かったんだよ。その上に人間レコードにたびたびなる奴は、なればなる程注射がよく利いて、レコードの作用がハッキリなる代りに、薬の中毒で妙な顔色になって瘠せ衰えるんだ。気を付けていると直ぐに普通の人間と見分けが付くんだ」

「つまりアノ爺みたいになるんですね」

「そうだよ。永い事和蘭《オランダ》にいた若島中将閣下は、哈爾賓《ハルピン》から飛行機で来たあの爺の写真を見ただけで、テッキリ人間レコードと言うことがわかったと言う位だからね」

「若島中将……誰ですか。若島中将って……」

「日本の機密局長さ。支那服を着た立派な人だがね。僕等の親玉なんだ。君を海軍兵学校に入れて遣ると言うのはその人さ……」

中学生は今一度真赤になった。

「でも、あの小ちゃな爺さんは気の毒ですね」

「気の毒ぐらいじゃない。きょうの号外を見たら××大使に殺されやしまいかと思うんだがね。裏切者と言う疑いで……」

「エッ。殺されるんですか。何も知らないのに……」

「殺されるとも。ソビエットの唯物主義の奴等は血も涙もないんだからね。政治外交上の問題で少しでも疑わしい奴は片っ端から殺して行くのが奴等の方針だよ」

「残酷ですなあ」

「ナアニ。レコードを一枚壊すくらいにしか思ってやしないだろう。ハハハ」

衝突心理

昭和九年四月一日の午前十時頃、神奈川県川崎《かわさき》の警察署へ新聞記者が五六人集まって、交通巡査から夕刊記事を貰《もら》っていた。

それは一寸《ちょっと》聞いたところ、極めて簡単明瞭《めいりょう》な交通事故であった。

その早朝の三時頃、京浜《けいひん》国道川崎市の東の出外れでトラック同志が衝突した。突きかけた方は同県下子安《こやす》、妹田《いもだ》農場の一噸《トン》積シボレーの使い古した牛乳車《トラック》で、衝突と同時に機械と運転台をメチャメチャにした上に、運転手の蟹口才六《かにぐちさいろく》（三十一）は頭蓋骨《ずがいこつ》粉砕、頸骨《けいこつ》、左肋骨《ろっこつ》を打折り即死、助手兼、乳搾《ちちしぼり》夫、山口猿夫《やまぐちさるお》（十七）は左脚の大腿部《だいたいぶ》を骨折し人事不省に陥っている。又、突っかけられた方の車は、深川の三徳製材会社用、新着のビック特製二噸半積ダブルタイヤで、横浜《よこはま》市外の渋戸《しぶと》材木倉庫から米松《べいまつ》を運搬すべく、交通の少い夜半に同国道を往復していたもので、損害といってはヘッド・ライトと機械を打壊《うちこわ》し、前部右車軸を押し歪《ゆが》めて運転不能に陥り、運転手、戸若市松《とわかいちまつ》（二十九）は硝子《ガラス》の破片による前額部の裂傷、治療一週間を負うて一時失神、同乗の助手と材木仲仕の二人が、顔面や胸部に治療二三週間の打撲傷を負うて、同じく一時失神しただけであった。
衝突の原因は小型シボレーの牛乳車《トラック》がヘッド・ライトを消したのに対して、大型ビックの材木トラックの運転手戸若市松が、ヘッド・ライトを消さなかったため、牛乳車《トラック》の運転手、蟹口が、眼を眩《くら》まされてハンドルを過《あやま》ったらしい事が、その朝になって意識を回復した同乗者、材木仲仕某の言によって判明した……というだけで新聞記者は皆満足して記事を作上《つくりあ》げて帰った……が、しかし若いロイド眼鏡をかけた交通巡査は、記者たちにそう説明しながらも何となく腑《ふ》に落ちない点があるように思った。

交通規則の中に、夜間、自動車同志がスレ違った時にヘッド・ライトを消すべしという箇条は別にない。ただ、お互い同志が眩《まぶ》しくて危険なために消し合うのが一つの不文律、兼、仁義《あいさつ》みたようになっているのであるが、しかし、たとい相手がヘッド・ライトを消さなかったにしてもコースの不安定な自転車ならばイザ知らず、慣《な》れた運転手ならば眩しい方向に吸い寄せられてブッツケ合うようなヘマをする気遣いは先ずないといってもいいので、その点に就いて川崎署の交通巡査はチョッとした不審を起したらしい。

傷の手当が済んで元気を恢復《かいふく》した大型トラックの運転手、戸若市松を巡査部長室に連れ込んで、その当時の模様を今一度聞いてみた。

「相手は、お前の車のヘッド・ライトが眩しいためにハンドルを誤ったんだな」

「……ヘエ……」

戸若運転手は何故か返事を躊躇《ちゅうちょ》した。青白い魘《おび》えたような眼付きで交通巡査の顔を見た。

「どうかね。衝突の原因について、ほかに心当りはないんか。ええ？」

「……ヘエ……」

活動俳優みたような好男子の戸若運転手は、無粋な恰好《かっこう》に巻いた頭の繃帯《ほうたい》をうなだれた。

「免状を見るとお前は、かなり古い運転手やないか」

「……ヘエ……」

「どうしてヘッド・ライトを消さなかったんか。別に咎《とが》める訳じゃないが」

「…………」

黙って考え込んでいた戸若運転手は、やがてゴックリと一つ大きくうなずいた。何事か決心したらしく深いため息をして顔を上げた。昂奮《こうふん》したらしく眼を光らして乾燥《かわ》いた唇を嘗《な》めた。

「……ハイ。実は殺されるのが恐ろしゅう御座いましたので……」

「……ナニ……殺される……」

交通巡査はビックリしたようにロイド眼鏡をかけ直し、腕章を上の方へ押上げた。

「フーム。妙な事を云うのう。ヘッド・ライトを消やせば何故、殺されるんか……お前アタマがどうかしとらせんか」

戸若運転手は眼をしばたたいた。気の弱い男らしく泪《なみだ》を一パイに溜《た》めると、机の向側の端に両手を突いて頭を下げた。

「ヘイ、恐れ入ります。私はモウすっかり前非後悔をしております。何も彼《か》も白状致します」

「フーム。白状するちうて何か悪い事でもしたんか」

「ヘエ。私は大罪人です。姦通《まおとこ》と泥棒《ぬすっと》の二重の大罪人です。それを知っている者は、あの惨死しました蟹口さんだけです。蟹口さんは私から、女と二千円の金を盗まれたまま、黙っていてくれたのです。しかしあの恐ろしい死顔を見たら迷《まよい》の夢が醒《さ》めました。何もかも白状致します。……ハイ……ハイ……」

戸若運転手は机の端にヒレ伏したまま涙をバラバラと落し初めた。

「……ちょっと待て……ちょっと……」

少々驚いたらしい交通巡査は、帳面片手に立上ってソソクサと部長室を出て行った。

広間の大火鉢の前で煙草を吸っている巡査部長の傍へ近付いてコソコソと耳打ちした。

「そんな事を云い出したもんですから……どうも僕の受持ではなさそうです。ちょっと立合って頂きたいんですが」

巡査部長は面倒臭そうにアクビしいしいうなずいた。向い合って煙草を吸っている二人の刑事をかえり見た。

「この頃ソンナ話は聞かんな。姦通とか、二千円の盗難とか……」

二人の刑事は眼をパチパチさせて部長を仰いだ。一人が頭を左右に振った。

「おかしいですね」

「ブツカッた拍子に頭が変テコになったんじゃねえかな」

「ウム。とにかく君等も一所《いっしょ》に来てくれ給い」

部長と二人の刑事が交通巡査を先に立てて部長室に這入《はい》った。

四人の警官に取巻かれた戸若運転手はチョッと魘《おび》えたらしい。サッと唇の色をなくしたが、交通巡査が注《つ》いで遣《や》った熱い茶を啜《すす》ると又一つホッと溜息《ためいき》をした。覚悟をきめたらしく、次のような奇怪な陳述を初めた。


戸若運転手は鹿児島の生れで、昭和六年に同郷の先輩蟹口運転手を頼って上京し、一所に東京虎《とら》の門《もん》の千番トラックに勤めていた。蟹口は好人物の変り者という評判であったが、兄貴分だけに戸若を色々と世話して、着物や金を与えた事が度々であった。だから戸若は蟹口を深く恩に着ていた。

戸若は千番トラックのギャレジの二階に寝泊りしていたが、蟹口は、淀橋《よどばし》で煙草店を出している妻女ツル子《こ》（二十五）の処から通勤していた。その妻女のツル子というのは、頑固な、グロテスクな顔をした蟹口とは正反対に江戸前のスッキリした別嬪《べっぴん》で、この上なしの亭主孝行、又蟹口も自烈度《じれった》いくらいの嬶《かかあ》孝行というのが評判であった。

蟹口夫婦の間に子供はなかったが、蟹口は植木物が好きで、狭い庭に縁日から買って来た朝顔や、茄子《なす》や、トマトの鉢を並べ、店先にも見事な朝顔や、菊を飾ったりしたので、それが目印になって煙草店が益々繁昌《ますますはんじょう》して行くらしかった。戸若は一度、そのツル子に会って今までの礼を云いたい云いたいと思っていたが、忙しいのでツイ機会を失していた。

ところが一昨昭和七年の夏、蟹口は突然に二三日の予定で神戸に行く事になった。何でも千番トラックの主人の命令で、神戸へ行って、中古《ちゅうぶる》のトラックを二台仕入れて来る……という話であったが、出かける時に、

「戸若君。済まんが俺の留守中に、植木鉢へ水を遣ってくれんか。朝はツル子が遣るが、午後になると店からドウしても手が離されんけに……な。頼んますど……」

と呉々《くれぐれ》も云いおいて行った。

戸若は喜んで引受けた。翌《あく》る日は午後から半日、暇を貰って頼まれた通りに蟹口の処へ来て、ツル子に色々と永々《ながなが》の礼を述べた。それから植木鉢の世話をツル子の指図通りにしたが、その時に、お互いに魔がさしたとでも云おうか。ツル子が無理に引止めて戸若に夕飯の御馳走《ごちそう》をしたのがキッカケとなって、二人は退引《のっぴき》ならぬところへ陥込んでしまった。

二人がズルズルと深間に陥る早さよりも、そうした噂の立つスピードの方が早かった。するとその噂を聞いたものか、どうだかわからないが、蟹口は突然に、戸若にもダンマリで千番トラックを引いて、ツル子と共に淀橋の煙草店まで引払い、子安の妹田農

場の専属運転手となった。そうしてその中《うち》に、だんだんと園芸の方へ頭が傾いて来たらしく、農場内の自宅の庭へ苺《いちご》や胡瓜《きゅうり》の小さな温床《フレーム》を造ったり、屋根一面に南瓜《かぼちゃ》の蔓《つる》を這《は》わしたりして肥料《こやし》の異臭《におい》を着物まで沁《し》み込まして喜んでいた。……今にどこかで小さな土地を買って速成栽培でも遣ろうか。毛唐相手にすれば苺一粒が十二銭……胡瓜一本が三十銭もするんだから……などと妻のツル子へ相談することがあった。

しかしツル子は極力不賛成を唱えた。折角油の異臭《におい》に慣れたところに、肥料《こやし》のにおいなんか押し付けられちゃ、たまらない……なぞと我儘《わがまま》を突張った。無理にも亭主に運転手稼業を止めさせまいとした。

ツル子と戸若の関係は切れていないのであった。結局蟹口がどうしても農業に転向するものと見込をつけた姦夫姦婦《かんぷ》は、蟹口が汗を絞った貯金二千余円を捲上《まきあ》げる計劃《かく》を立てた。

戸若は一昨昭和七年の十二月の初めの或《あ》る夕方、日が暮れると直ぐに、蟹口の留守宅に忍び入り、ツル子を細帯で縛り上げ、猿轡《さるぐつわ》を嚙《か》ました上で、二千円の貯金の通帳と印《いん》形《ぎょう》を奪って逃走した。アトにはオモチャのピストルを一梃《ちょう》落しておいた。

程なく帰って来た蟹口は、この体《てい》を見て大いに狼狽《ろうばい》し、警察に訴えようとしたが、ツル子は私の恥が明るみに出るから厭《いや》だと主張して、とうとう訴えさせなかった。そうして、それから三日ばかり経った頃、

「妾《わたし》は一旦《いったん》、泥棒に身を穢《けが》された以上、貴方《あなた》のような潔白な、正しい人の妻になる事は

出来ません。思い切って死にますから縁のない昔と諦《あきら》めて下さい。貴方の好きな人と結婚して下さい。妾は人の知らない処に死骸《しがい》を隠したいのですから、どうぞ警察に届けないで下さい。妾の恥を曝《さら》さないようにして下さい。妾の一生のお願いです。

妾は泣きながら死にます。死んで貴方の幸福を祈ります」

という意味の遺書《かきおき》を残して、真昼間、家出してしまった。好人物の蟹口はこの遺書《かきおき》を真面目に信じて、届出なかったらしい。

二人は、それで安心して道行をきめ込み、一旦、山陰地方の乗合会社《バス》に身を潜めたが、二千円の金を費《つか》い果すと大胆にも、昨、昭和八年の夏、又もや東京へ舞い戻って来て、小梅《こうめ》に同棲《どうせい》し、姦夫の戸若は三徳材木店専属のトラックの運転手となっていた。そこで、それとなく様子を聞いてみると、蟹口運転手は、それ以来スッカリ自棄《やけ》気味となり、大酒を飲み習い、誰、彼の見境いなく喧嘩《けんか》を吹っかけるようになっている。何故だかわからないが戸若という若造を見付けたら直ぐに知らしてくれ。ブチ殺してくれるからと云っている……という運転手仲間の噂話なので、戸若はモウすっかり震え上ってしまった。すこし旅費が出来たら直ぐに都落ちをするつもりでいた。

そのうちに今年の春から幾らかの貯金が出来たので、イヨイヨどこかへ飛ぶつもりになったが、そのお名残《なご》りといったような気持で、ツイこの間の三月の末コッソリ蟹口の家の様子を覗《のぞ》きに行ってみると、裏庭の野菜や菊畑、屋根の南瓜の蔓も枯れ枯れになって、ペンペン草が蓬々《ぼうぼう》と生えている廃屋《あばらや》の中に、泥酔した蟹口がグーグー睡っていた。その瘠せ衰えた髯《ひげ》だらけの恩人の姿を見た時に戸若は……ああ……済まない事をした……と思った。それ以来、後悔の念が高まるばかりで、東京を離れるのさえ気が済まないような気がしていた。

そこへ昨夜、支配人から京浜国道の材木運搬を命ぜられて午後の十時から二回往復したが、最初は子安の近くを通るのが恐ろしくて仕様がなかった。もしや蟹口のトラックに行き合いはしないだろうかと思ってヒヤヒヤしいしい運転して行くところへ、向うから来たトラックがヘッド・ライトを消したから、こちらも直ぐに消したが、その消した瞬間に、蟹口の頑固な顎《あご》と、物凄《ものすご》く光る眼が、真正面に見えたのでゾッとしてスレ違った。

よもや気付かれはしまいと思ったが、思い出すたんびに頭の毛がザワザワして仕様がなかったので一旦、材木を積んで深川へ帰ってから、一杯酒を飲んで、モウ一度、往復するために、手拭《てぬぐい》で下顎を覆面して深夜の京浜国道を下った。

川崎の町あかりの中から見おぼえのある子安農場のトラックが出て来るのを見た時には、思わず緊張して鳥打帽を眉深《まぶか》く冠り直した。思い切って全速力を出した。ヘッド・ライトを消したまま猛然とスピードをかけて来るトラックの横をこちらはヘッド・ライトを消さないまま一気に駆け抜けようとしたが、その刹那《せつな》に鬼のような形相に変った蟹口運転手が、思い切りハンドルを右に廻《まわ》している姿がチラリと見えたと思う間もなく、轟然《ごうぜん》と衝突してしまった。こちらのトラックの方が新しくて頑固だったので、相手のヤワな車を引っかけて引ずり倒したまま二十米《メートル》突ほど前進して停車したが、停車すると同時に相手のトラックのデッキに並んだ牛乳が大波のように舞い上って、そこいら中に滝のように降り注いだ事だけを夢のように記憶している。

今朝になって正気付いて、病院から警察へ連れて来られて、表のタタキに莫蓙《ござ》を被《かぶ》せたまま置いてある、あの蟹口運転手のメチャメチャになった妖怪《ようかい》じみた死骸を見た瞬間に……壊れた額から飛出した二つの眼球《めだま》が私を白眼《にら》んでいるのに気付いた時に私はモウ一度気が遠くなりかけました。

蟹口運転手は私という事に気付いていたに違いありません。私と刺違えるつもりで、あんな事をしたに違いないと思います。

私は何もかも白状します。どんな罪でも受けます。そうして蟹口さんの怨《うら》みを晴らしてもらわなければトテも恐ろしくてたまりません。

妻のツル子にもそう云って下さい。二人は同罪だから罪ほろぼしをしろと云って下さい。……云々《うんぬん》というのが戸若運転手の告白であった。

流石に事に慣れた川崎署員たちも、こうした告白は珍らしかったらしい。戸若運転手が告白を終って頸垂《うなだ》れてしまってからも、四人の警官が互いに顔を見合わせてシインとしていた。しかしその中《うち》に巡査部長が、何かしら憂鬱《ゆううつ》そうな眼を据えながら戸若の繃帯《ほうたい》頭を凝視した。

「ウムよく白状した。お前の後悔は認めてやるぞ」

戸若は又一つ頭を下げた。シクシクとシャクリ上げ初めた。

「私が悪う御座いました」

最前から手持無沙汰《てもちぶさた》でいた交通巡査がロイド眼鏡をかけ直した。帳面をヒネリながら問うた。

「ウム。それはそれでいいとして、衝突の原因はお前がライトを消さなかったせいじゃない。蟹口が故意に衝突さしたと云うんだな」

「ヘイ。そうなんで……思い出してもゾッとします」

「フーム。しかし、そいつは何ともわからんな。イクラ怨みが在るにしても、そんな無茶をやるのは……」

「イイエ……」

戸若は昂奮《こうふん》して立上った。自分の告白の神聖さを侮辱されたように眼の色を変えて、口を尖《と》んがらした。

「……そ……それに違いないんです。……でなけあコンナ事まで白状しやしません。ぶつかったトタンに私は……俺が悪かったッ……と怒鳴った位だったんです。ハタの奴には聞こえなかったかも知れませんけど……間違いありません」

と云ううちに額の傷が昂奮のために破れたらしい。綳帯の上に新しい血が真赤にニジミ出した。

交通巡査も二人の刑事も巡査部長と同様に憂鬱な顔になってしまった。相手の見幕の森厳《しんげん》さに圧倒されたかのように……。

「ついｰ。まあええ。もちっと調べてみんとわからん」

交通巡査は幾分意地になったような語気で巡査部長に向って頭を下げた。

「ちょっと蟹口の助手をしていた山口猿夫という小僧の容態を見て来ます。口が利けたら審問してみたいですから……」

衝突現場《げんじよう》附近の烏頭《うとう》外科医院に入院していた乳搾《ちちしぼり》少年、山口猿夫は左脚に巨大な石《ギ》膏型《プス》をはめたまま意識を回復していた。枕頭《まくらもと》には妹田農場の牧場主任と園芸主任が突立ってヒソヒソ話をしていた。

警官の姿を見た二人が別室に退いたアトで、交通巡査から委細の話を聞いた山口少年は、眼を光らして頭を左右に振った。

「違います。そんな事があるもんですか。僕は蟹口さんの近所に居ますし、いつも牛乳車《トラック》に一所に乗って行くんで、よく知っています。そんな事があったかも知れませんが蟹口さんは一口もそんな話をしませんでした。……しかし……蟹口さんがこの頃スッカリ自棄《やけ》になっていた事は事実です。自分の子供のように可愛がっていた野菜や植木にも水を遣《や》らないで、お酒ばっかり飲んでいたんです。短気で喧嘩ばかりしていて、いつも困っていたんです。途中で降りて酒場《バア》で一杯引っかけて来ると一層気が荒くなって、運転が乱暴になっちゃってトテモ恐ろしかったんです。……この頃、×締りがズボラになったんで……御免なさい。蟹口さんが、そう云ったんですから……ゆるくなったんで礼儀も何も知らない土百姓みたいな運転手が、京浜国道をノサバリやがって仕様がねえ。こちらでチャンとヘッド・ライトを消してやっても挨拶《あいさつ》も何もしねえで通り抜ける奴が多いんだ。××の奴等あ……御免なさい……そう云ったんですから……別嬪《べっぴん》の乗っているエロ・ハイヤばかり××××××トラックなんか見向きもしねえからコンナ事になるんだ。今に見てろ。挨拶しねえ車に真正面からブッ付けてくれるから……って云うんです。僕、恐ろしかったんですけど、まさかに、そんな無茶な事をしやしめえと思ってたら今夜は特別に酔払っていたんでしょう。ホントウに遣っつけたんです。クソッタレ……って云ううちにハンドルを曲げちゃったんです……。

僕、ハッと思った拍子に夢中で外へ飛出したんですけど四十か五十ぐらい出していたもんですから飛び降りるなりタタキ付けられちゃったんです。相手の車ですか……見《め》えるものですか。ライトが眩《まぶ》しくってトラックだかハイヤだかわかりゃしません。……へエーッ。おどろいたなあ。蟹口さん死んだんですか。無茶だなあ……」

巡査辞職

前篇

「草川の旦那《だんな》さん。大変です。起きて下さい。モシモシ。起きて下さい。私は深良《ふから》一知《いっち》です」

暑い暑い七月の末の或《あ》る早朝であった。山奥の谷郷《たにさと》村駐在所の、国道に面したホコリだらけの硝子《ガラス》戸をケタタマシク揺さぶりながら、一人の青年が叫んだ。

それは見るからにここいらの貧乏百姓の児《こ》と感じの違った、インテリじみた色の白い、鼻筋のスッキリとした美しい青年であった。青々と乱れた頭髪が、白い額の汗に粘り付いていたが、神経の激動のために、その濃い眉《まゆ》がピクピクと波打って、赤い小さな理知的な唇がワナワナとわななきながらも、その睫《まつげ》毛の長い黒い瞳は、言い知れぬ恐怖のためであろう、半面を蔽《おお》うた髪毛《かみのけ》の陰から白いホコリの溜《たま》った硝子戸の割れ目を凝視したまま、奇妙にヒッソリと澄んでいた。慌てて走って来たものと見えて、手拭浴衣《てぬぐいゆかた》の寝巻に帯も締めない素跣足《すはだし》が灰色の土埃《つちぼこり》にまみれている。

……と……駐在所の入口になっている硝子戸が内側からガタガタと開いて、色の黒い、人相の悪い顔に無精鬚《ひげ》を蓬々《ぼうぼう》と生やした、越中褌《えっちゅうふんどし》一つの逞《たくま》しい小男が半身を現わした。

「どうしたんか」

「アッ、草川の旦那さん」

草川巡査は睡《ねむ》そうな眼をコスリコスリ青年の顔を見直した。

「何だ。一知じゃないかお前は……」

「はい。あの……あの……両親が殺されておりますので……」

「何……殺されている？　お前の両親が……」

「はい。今朝、眼が醒めましたら、台所の入口と私の枕元に在る奥の間の中仕切が開け放しになっておりましたから、ビックリして奥の間の様子を見に行ってみますと、お父さんとお母さんが殺されております。蚊帳《かや》が釣って在りますので、よくわかりませんが、枕元の畳と床の間のあいだが一面、血の海になっております」

「いつ頃殺されたんか。今朝か……」

「わかりません。昨夜《ゆんべ》……多分……殺された……らしゅう御座います」

「泣くな……。たしかに死んでいるのだな」

「……ハイ……ハイ。今しがた、神林医師《せんせい》を起して、見に行って貰《もら》いましたが……まだ行き着いて御座らぬでしょう」

「うむ。ちょっと待て……顔を洗って来るから」

草川巡査は、裸体《はだか》のまま直ぐに裏口へ出て、冷たい筧《かけい》の水で顔を洗った。それから大急ぎで蚊帳と寝床を丸めて押入に投込んで、机の上に散らばっていた高等文官試験準備用の参考書や問題集を二、三冊、手早く重ねて片付けると今一度、駐在所の表口へ顔を出した。

「一知……」

「ハイ」

「こっちへ入れ。足は洗わんでもええから……」

二人は駐在所の板の間に突立ったまま向い合った。草川巡査の小さな茶色の瞳は、モウ神経質にギロギロと輝き出していた。

「何時頃殺されたんか。わかっとるか」

一知は潤んだ大きな眼をパチパチさせた。

「……わかりません。昨夜十二時頃寝ましたが、今朝起きてみますと、モウ殺されておりましたので……蚊帳越しですからよくわかりませんが、二人とも寝床の中からノタクリ出して、頭が血だらけになっております……」

「それを見ると直ぐに走って来たのだな」

「ハ……ハイ……」

暗い駐在所の板の間に立った一知は涙ながらも恐ろしそうに身震いした。そうして突然《だし》に大きな嚔《くしやみ》を一つしたが、それは汗が乾きかけたせいであったろう。

草川巡査は無言のまま点頭《うなず》いた。傍の警察専用の電話に取付いて烈しくベルを廻転《かいてん》させると、静かな落ち着いた声で、五里ばかり離れている×市の本署へ、聞いた通りの事実を報告した。……と……向うから何か言っているらしい……。

「……ハ……ハイ。まだ、それ以上の事実はわかりませんので……ハイ。報告して参りました者は深良一知と申しまして村の模範青年です……ハイ。被害者の養子です。ハイ、元来《もともと》この村の区長の次男であったのですが、今年の二月に深良家……被害者の処へ養子に行った者です。まだ籍は入れていないようですが。ナア一知……お前はまだ籍を入れておらんじゃろ……ウン……そうじゃろ。ハイハイ……何ですか……ハイハイ……その深良家と申しますのは村からチョット離れた小高い丘の上に在ります一軒家で、村の者は皆、深良屋敷深良屋敷と言っております。村でも一番の大地主で、この辺でも指折の富豪です。殺されたと言うのは、その老夫婦ですが……イヤイヤこの頃この国道にはソンナ浮浪人は通らないようです。以前はよくルンペンらしい者の姿を見かけましたが。ハ……ハイ、承知しました。私はこれから直ぐに現場へ参ります。ハ……お待ちしております」

草川巡査は手早く帽子を冠って、官服のズボンに両脚を突込んで、上衣を引っかけた。編上靴をシッカリ搦《から》み付けて、勝手口から佩剣《はいけん》を釣り釣り出て来ると、国道とは正反対の裏山に通ずる小径《こみち》伝いにサッサと行きかけたので、表通りで待っていた一知青年は、慌てて追っかけて来た。

「アッ。こんな方へ行くのですか。山道はまだ濡《ぬ》れておりますよ。草川さん……」

草川巡査も何やらハッとしたらしく、そう言う一知の何かしら狼狽《ろうばい》した、オドオドした眼付きを振返ると、ちょっと立止まって、その顔を穴のあく程凝視したので、一知は見る見る真青になって、唇をワナワナと震わした。しかしその時にフット気を変えた草川巡査は、

「ウン。人目に付くと五月蠅《うるさい》からね」

と何気なく言い棄てて、露っぽい小径の笹の間を蹴《け》分《わ》け蹴分け急いで行った。

元来この谷郷村は、こうした山奥に在りがちな、一村挙《こぞ》って一家と言ったような、極めて平和な村だったので、高文の試験準備をしている草川巡査は最初、大喜びで赴任したものであったが、そのうちに彼の竹を割ったような性格がだんだんと理解されて来るにつれて、村の者から無上の信用と尊敬を受けるようになった。それに連れて村の納税や衛生の成績がグングン良くなるばかりでなく、以前は山向うの隣県へ逃込もうとして、よくこの村を通過していた前科者などが、今では草川巡査の眼が光っているためにチットモ通らなくなった……と言う噂まで立つようになっていた。そこへ起った今度の事件なので、草川巡査は最初からチョット一つタタキノメされたような感じで、一種異様な興奮……緊張味を感じているのであった。

しかし草川巡査を興奮させ緊張させた原因は、たんにそれだけではなかった。モットモット大きい、恐ろしく深刻な事件の予感が、美青年、深良一知の声を聞いた一刹那《いっせつな》から黒い嵐雲《らんうん》のように草川巡査の全神経に圧《お》しかかって来たのであった。

深良屋敷の老夫婦が、非業な死に方をするに違いないと言う事は、ズッと以前から村中の人々が一人残らず心の片隅で予感していた処であった。……今に見ろ。ロクな死に方をしないから……と言って深良屋敷を呪詛《のろ》わない村の人間は恐らく今までに一人もいなかったであろうと思われるくらい、深良屋敷は村中の怨恨《うらみ》の焦点になっていたもので、その意味から言うと、この村の人々は一人残らず今度の事件の嫌疑者か共犯者と考えてもいい……と言ったような極端に神秘的な因縁が、今度の事件に絡まっているのであった。それがこうして突然に実現されたのだから、万一村の人々にこの事が知れ渡ったら、皆、今更のようにハッと顔を見合わせて、お互い同士を疑い合うであろう。それと同時に草川巡査にとっては、想像も及ばない探査の困難な殺人事件……村民全部が嫌疑者……と言ったような極度の神秘的な深みを持った迷宮事件を押付けられたようなもので、ちょうど横綱と顔を合わせた褌担《ふんどしかつ》ぎみたような自分の力の微弱さを、今更のように思い知らずにはいられないのであった。

……これが俺の失敗のタネになりはしないか……永い間の高文の試験準備で疲れ切っている俺のアタマは、こうした現実の出来事に向かないくらい弱々しく、過敏になっているのではないか……

……とにも角にも、どこまでも慎重に……慎重に取りかからねばならぬ……あくまでヘマを遣ってはならぬ……

と言ったような、武者振いがまだ具体的に現われて来ない前のような神秘的な戦慄《せんりつ》に、草川巡査は襲われてしようがないのであった。そうしてそのドキドキした予感を中心にして、深良屋敷の惨劇を裏書きしているらしい色々な過去の前兆が、眩《まぶ》しいくらい明るい、またジメジメと薄暗い木立の中を押分けて行く草川巡査の、勉強に疲れた記憶力の中に、今更のようにマザマザと浮かび上って来るのであった。

深良屋敷と言うのは村外れの国道から二、三町北へ曲り込んだ、小高い丘の上の雑木林に囲まれた小さな一軒家であった。もっともズッと以前の明治《めいじ》三十年頃までは、深良家の先祖代々が住んでいた巨大な母家が、雑木林の下の段の平地に残っていたが、それが現在の牛九郎爺《じい》さんの代になると、極端な労働嫌《あらしごと》いの算盤《そろばん》信心で、経費が掛ると言って、その一段上の雑木の中に在るタッタ三室《みま》しかない現在の離家《はなれ》に移り住むようになった。同時に牛九郎爺さんは、その巨大な母家をアトカタもなく取片付けて隣村の大工に売払い、数多い雇人をタタキ放し同様にして追出してしまい、有る限りの田畑をソレゾレ有利な条件で小作に付け、納まりの悪い小作人の所有の田畑は容赦なく法律にかけて、自分の名前に書換えて行った。それに又、配偶《つれあい》のオナリと言う女が亭主に負けない口達者のガッチリ者で、村の女房達が第一の楽しみにしている御大師様や妙法様の信心ごとの交際《つきあい》なぞには決して出て来ないのみならず、臍繰金《へそくりがね》を高利に廻《まわ》して、養蚕や米の収穫後になると透かさずに自分で出かけて、ピシピシと取立てたりするようになったので、深良屋敷の老夫婦に対する村中の気受がイヤでも悪くなって来るばかりであった。

「今に見ておれ。あの夫婦は碌《ろく》な死にようはせぬから……信心をせぬような犬畜生には
キッと天道様の罰が当る」
とか何とか蔭《かげ》口を言う者が方々に出て来るようになったが、勿論《もちろん》それ位の事に驚くような牛九郎夫婦ではなかった。殊に住んでいる場所が場所だけに、村の人々の気持ちと全然かけ離れた別人種扱いにされながらも、平気で我利我利亡者に甘んじて、極めてヒッソリと暮しているのであった。

しかし、それでも、その丘の上一帯の森の木立は、さすがに昔の大きな深良屋敷の構えの面影を止めていた。夜になるとさながらに巨大な城砦《じょうさい》が、神秘的な島影のように真黒々と星空に浮出して、昔ながらに貧弱な村の風景を威厳していたので、小さな住居《すまい》に不似合な深良屋敷の名称も、自然、昔のまんまに残っているのであった。

その深良屋敷の老夫婦の間にはマユミという娘がタッタ一人あった。しかも、それが非常な美人だったので「深良小町」の名が近郷近在に鳴り響いているのであったが、可哀相な事にそのマユミは、学問上に早発性痴呆《ちほう》と言う半分生まれ付みたような薄白痴《うすばか》であった。大まかな百姓仕事や、飯爨《めしたき》や、副食物《おかず》の世話ぐらいは、どうにかこうにか人間並に出来たが、その外《ほか》の読み書き算盤はもとより、縫針なんか一つも出来なかった。妙齢《としごろ》になっても畑の仕事の隙さえあれば、蝶々《ちょうちょう》を追っかけたり、草花を摘んだりしてニコニコしている有様なので、世話の焼ける事、一通りでなかったが、それを母親のオナリ婆さんが、眼の中に入れても痛くない位可愛がって、振袖《ふりそで》を着せたり、洟《はな》汁を擤《か》んで遣《や》

ったりしているのであった。

しかし何を言うにも、そんな状態《ありさま》なので、誰一人聟《むこ》に来る者がないのには両親とも弱り切っていた。のみならず所謂《いわゆる》、白痴美と言うのであろう。その底なしの無邪気な、神々しいほどの美しさが、誰の目にもたまらない魅力を感じさせたので、さもなくとも悪戯《いたずら》好きの村の若い者は皆申し合わせたように「マユミ狩」と称して、夜となく昼となく深良屋敷の周囲をウロ付いたものであった。マユミの白痴をいい事にして入れ代り立代り、間がな隙がな引っぱり出しに来るので、そのために両親の老夫婦は又、夜の眼も寝ない位に苦労をして追払わなければならなかった。

しかしその中にタッタ一人、このマユミにチョッカイを出しに来ない青年がいた。それはこの谷郷村の区長、乙束《おとづか》仙六という五十男の次男坊であった。村では珍しく中学校まで卒業した、一知という男で、村の青年は皆、学者学者と綽名《あだな》を呼んで別扱いにしている、今年二十三の変り者であった。

ちょうどその頃、一知の父親の乙束仙六は、養蚕の失敗に引続く信用組合の公金拐帯《かいたい》の尻《しり》を引受けて四苦八苦の状態に陥り、東京で近衛の中尉を勤めている長男の仙七の血の出るような貯金までも使い込んでいる有様で、心労の結果ヒドイ腎臓《じんぞう》病と神経衰弱に陥って寝てばかりいる状態《さま》は、他所《よそ》の見る目も気の毒な位であったが、しかし次男坊の一知は、そんな事を夢にも気付かないらしく、自分勝手の呑気《のんき》な道楽仕事にばかり熱中していた。

その道楽仕事と言うのは、中学時代から凝っていたラジオで、幾個《いくつ》もいくつも受信機を作っては毀《こわ》し毀しするので、彼の勉強部屋になっている区長の家の納屋の二階は、誰にもわからない機械器具の類《たぐい》で一パイになっていた。村の人々は、

「聴かぬためのラジオなら、作らん方が好《え》え。学者馬鹿たあ、よう言うたる」

と嘲笑《ちょうしょう》し、両親も持て余して、好きにさせていると言う、一種の変り者で、言わばこの村の名物みたようになっていたのが、この一知青年であった。

だからその一知が、牛九郎老夫婦の眼に止まって壻養子に所望されると、両親の乙束区長夫婦は一議にも及ばず承知した。一知もラジオ弄《いじ》りさえ許して貰《もら》えれば……と言う条件付で承知したもので、その纏《まと》まり方の電光石火式スピードと言うものは、万事に手《て》緩《ぬる》い村の人々をアッと言わせたものであったが、それから又間もなく一知は、この村の習慣になっている物々しい壻入りの儀式が恥かしかったものか、それともその式の当夜の乱暴な水祝を忌避《いや》がったものか、双方の両親が大騒ぎをして準備を整えている二月の末の或《あ》る夜の事、自分の着物や、書物や、いろいろな機械屑《くず》なんぞを、こっそりとリヤカーに積んで、深良屋敷へ運び込み、そのまま何と言われても出て行かないで頑張り通し、双方の両親たちを面喰《めんくら》わせ村中を又もアッと言わせたものであった。

そうしてそれから後、小高い深良屋敷を囲む木立の間から、眩しい窓明りと共に、朗らかなラジオの金属音が、国道沿いの村の方へ流れ落ち始めたのであった。

「イッチのラジオが、やっとスイッチを入れたバイ」

と青年達は甘酸っぱい顔をして笑った。

しかし谷郷村の人々の驚きは、まだまだそれ位の事では足りなかった。

深良屋敷の若い夫婦は、新婚匆々《そうそう》から、猛烈な勢いで働き出したのであった。今まで肥柄杓《こえびしやく》一つ持った事のない一知が、女のように首の付根まで手拭《てぬぐい》で包んで、手甲脚絆《てっこうきゃはん》の甲斐甲斐《かいがい》しい姿で、下手糞《くそ》ながら一所懸命に牛の尻を追い、鍬《くわ》を振廻して行く後から、薄白痴のマユミが一心不乱に土の上を這《は》いまわって行くのを、村の人々は一つの大きな驚異として見ない訳に行かなかった。

一知は間もなく両親に無断で、小作人と直接談判をして、麦を蒔《ま》いた畠を一町歩近くも引上げて、ドシドシ肥料を遣り始めた。村の人々はその無鉄砲に驚いていたが、その丹精が一知夫婦だけで立派に届いて見事に実った麦が丘の下一面に黄色くなって来ると、最後まで冷笑していた牛九郎老夫婦もさすがに吃驚《びっくり》したらしい。養子夫婦の親孝行のことを今更のように村中に吹聴《ふいちょう》してまわり始めた。一知の掌《てのひら》が僅《わず》かの間に石のように固くなっている事や、娘のマユミが一知と二人ならば疲れる事を知らずに働く事なぞを繰返し繰返し喋《しゃべ》舌って廻《まわ》るので、村の人々は相当に悩まされた。

処が不思議な事に、そんな序《ついで》に話がラジオの事に移ると、何故かわからないが牛九郎夫婦は、あまり嬉《うれ》しくない顔色を見せた。殊にそのラジオ嫌いの程度はオナリ婆さんの方が非道いらしかった。

「まあ結構じゃ御座んせんか。毎晩毎晩何十円もする器械で面白いラジオを聞いて……」

なぞと挨拶《あいさつ》にでも言う者がいるとオナリ婆さんは、きまり切って乱杭歯《らんぐいば》を剝《む》き出してイヤな笑い方をした。片足を敷居の外に出しながら、すこし勢込んで振返った。

「へへへ。あれがアンタ、玉に疵《きず》ですたい。承知で貰うた婿じゃけに、今更、苦情は言われんけんど、タッタ三室《みま》しかない家の中が、ガンガン言うて八釜《やかま》しゅうてなあ……それにあのラジオの鳴りよる間が、養子殿の極楽でなあ。夫婦で台所で固まり合うて、何をして御座るやら解らんでナ。へへへへ……」

あとを見送った人々は取々に言った。

「何なりと難癖を付けずにゃおられんのが、あの婆さんの癖と見えるなあ。ハハハ」

それから後、そのオナリ婆さんが一知の畠仕事に付いてまわって、色々と指図をしているのを見て、

「ソレ見い。何のかんのと言うても一知の働き振りはあの婆さんの気に入っとるに違いないわい。そこで欲の上にも欲の出た婆さんが、出しゃばって来て、あの上にも一知を怠けさせまいと思うて要らぬ指図をしよるに違いない。あれじゃ若夫婦もたまらんわい」

と言ったり、それから後、深良屋敷のラジオがピッタリと止んで、日が暮れると間もなく真闇になって寝静まるのを見た人々が、

「あれは一知がラジオの器械を毀したのじゃないらしい。婆さんが費用を吝《お》しんで止めさせたものに違いない。一知さんも可哀そうにのう。タッタ一つの楽しみを取上げられ

て」

と同情した位の事であった。

然《しか》るにその一知夫婦の苦心の麦の収穫が、深良屋敷の算盤に乗った頃から、まだ一か月と経たぬ今朝になって、その牛九郎夫婦が殺されている……と言うのは、普通の場合の意外と言う以上の意外な意味が籠《こも》っているように思われるのであった。だから、これは非常に簡単明瞭《めいりょう》な、偶発的な事件か、もしくは一筋縄で行かない深刻、微妙な事件に相違ない……と言ったような予感が、今朝、最初に一知の美しい顔を見た瞬間から、ヒシヒシと草川巡査の疲れた神経に迫って来たのであった。ありふれた強盗、強姦《ごうかん》、殺人事件にばかりぶつかって最初から犯人のアタリを付けてかかる流儀に慣れ切っている草川巡査は、この事件に限って、実際、暗黒の中を手探りで行くような気迷いを感じながら、駐在所を出たものであった。

ところが、それから間もなく草川巡査が、山の中の近道へ廻り込んだ時に、深良一知青年が、背後から叫んだ声を聞くと、そのトタンに草川巡査の心気が一転したのであった。勉強疲れで過敏になっている草川巡査の神経の末梢《まっしょう》に、一知青年の叫び声は、あまりに手強く、異様に響いたのであった。それは無論、深良一知が偶然に発した叫び声で、別段に深い意味も何もない驚きの声に相違ないのであったが、これが所謂、第六感というものであったろうか。何故と言う事なしに、

「犯人はドウヤラこの一知らしい」

という直感が、草川巡査の脳髄のドン底にピインと来たのであった。それも、やはり何の理由も根拠もない、ただそんな風に感じただけの感じであったが、それでもそうした無意識の叫びの中に、一知の心理の奥底に横たわっている普通とは違った或る種の狼《ろう》狽《ばい》と恐怖心とが、偶然にも一パイに露出しているのを、病的に過敏になってる草川巡査の神経の末梢がピッタリと捕えたのであろう。一知を従えて山の中を分けて行く僅かの間に「コイツが犯人に相違ない」と言う確信が、草川巡査の脳髄の中へグングンと高潮して来るのを、どうする事も出来なくなった。それに連れて草川巡査の意識の中には、

——何と言う図々《ずうずう》しい奴だろう——

——絶体絶命の動かぬ証拠を押える迄《まで》は、俺は飽《あ》く迄も知らん顔をしてくれよう——

と言ったような極度に意地の悪い考えと、

——コンナ柔和な、美しい、親孝行で評判の模範青年に疑いをかけたりするのは、俺のアタマがどうかなっているせいじゃないかしらん——

——万一、実際の証拠が揚がらないとすれば、コンナにも美しい、若い夫婦の幸福を出来る限り保護して遣《や》るのが、人間としての常識ではないか——

と言ったような全然、相反する二つの考えが、草川巡査の神経の端々を組んず、ほぐれつ、転がりまわり始めたのであった。

太陽はまだ地平線を出たばかりなのに、草川巡査と一知が分けて行く森の中には蟬の

声が大浪を打っていた。その森を越えた二人は無言のまま、直ぐ鼻の先の小高い赤土山の上にコンモリと繁った深良屋敷の杉の樹と、梅と、枇杷《びわ》と橙《だいだい》と、梨の木立に囲まれている白い土蔵の裏手に来た。草川巡査はあとからあとから湧き起って、焦げ付くように消えて行く蟬の声のタダ中に、昨夜の儘《まま》の暗黒を閉め切って在るらしい奥座敷の雨戸をグルリとまわった時に、言い知れぬ物凄《ものすご》い静けさを感じたように思ったが、やがて半分開いたままの勝手口まで来ると、その暗い台所の中で何かしていた美しい嫁のマユミが、頭に冠っていた白い手拭を取って、ニコニコしながら顔を出した。

「あら……お出でなされませ」

と丁寧にお辞儀をしたが、その笑顔を見ると、まだ両親が殺されていることを少しも知らないでいるらしい、極めて無邪気な、人形のような美しい微笑を浮かべていたので、こんな事に慣れ切っていた草川巡査が、何故ともなく慄然《ぞっ》とさせられた。

「マユミさんはまだ何も知らんのかね」

と草川巡査は眼を丸くしたまま小声でそう言って、背後《うしろ》を振返ってみた。汗を拭《ふ》いていた一知青年が、急に暗い、怯《おび》えたような眼付をしてうなずいたのを見ると、草川巡査も何気なく点頭《うなず》いてマユミを振返った。

「マユミさん。今、神林先生が来はしなかったかね」

マユミはいよいよ美しく微笑んだ。

「アイ。見えました」

「その時にマユミさんは起きておったかね」

「イイエ。良う寝ておりました。ホホ。神林先生が起して下さいました」

「ウム。何か言うて行きはしなかったかね」

「アイ。言うて行きなさいました。巡査を呼んで来るから、お茶を沸かいて置けと言って、走って出て行きなさいました。それで……アノ……ホホホ……」

「何か可笑《おか》しい事があるかね」

「……アノ……その入口に引っかかって転んで行きなさいました……ホホホホホ……」

「うむ。ほかには何とも神林先生は言うて行かなかったかね」

マユミは美しい眼をすこし上に向けて考えていたが、やがて大きく一つ点頭いた。

「アイ。言うて行きなさいました。アノ奥座敷へはドンナ事があっても行く事はならんと言うて行きなさいました」

「それでマユミさんは奥座敷へ行かなかったのかね」

「アイ。まだ二人とも寝ていんなさいます」

「ウム。アンタは昨夜、良う睡《ねむ》ったかね」

「アイ。一番先に寝てしまいました。ホホホ……」

「ハハハ。そうかそうか。よしよし……」

台所に入りかけていた草川巡査は、そう言うマユミの無邪気な笑顔を見ているうちにフッと気が変った。何故ともなくスルリと身を引いて、タッタ一人で家の周囲をグルリと一廻り巡回してみたが、それはやはり職務のために緊張し易い警官特有の第六感の作用であったかも知れない。特に地面の上の足跡や、雨戸の合わせ工合、木立の間の下草の乱れなぞを、極めて注意深く見てまわったものであったが、何一つコレはと気付くような処がなかった。

しかしそのうちに家の外側を七分通り巡って、ちょうど台所の裏手に当っている背戸の井戸端まで来ると、草川巡査はピタリと足を佇《と》めた。佩刀《サアベル》をシッカリと握ったまま、その井戸端の混凝土《タタキ》の向側に置いて在る一個の砥石《といし》に眼を付けた。

それはマン丸く茂った山梔子《くちなし》の根方の、ちょっと人眼に付きにくい処に、極めて自然な位置に投出されている相当大きな天草砥石であった。一面に咲揃うた白い山梔子の花が、そこいら中に甘ったるい芳香を漂わしていたが、その灰色の砥石の周囲に、雨の力で跳ねかかっている地面から一続きの泥が、何か強い力で打たれたようにボロボロと剝落《はくらく》しているばかりでなく、その砥石の全体が、一分か五厘かわからないが一方にズレ寄っている形跡が、ハッキリと土の上に残っていた。

……これは何か重たい刃物か何かの柄を、抜けないように嵌込《すげこ》んだ証拠らしいぞ……そう思い思い草川巡査は、自分が犯人であるかのように青褪《ざ》めた緊張した表情で、そこいらを見まわした。台所で一知が茶漬を搔込《かきこ》んでいるらしい物音に耳を澄ますと、直ぐに蹲《しゃが》んで、片手で砥石を持上げてみた。砥石の下には頭をタタキ潰《つぶ》された蚯蚓《みみず》が一匹、半死半生に変色したまま静かに動いていた。草川巡査は、その蚯蚓を凝視しながら、砥石をソッと元の通りに置いた。

そこへ飯を喰《く》い終った一知が、帯を締め締め、草履を穿《は》いて出て来たので、草川巡査は素知らぬ顔をして台所の入口へ引返して来た。

「殺した奴はどこから入って来たんか」

「ここから入って来たものと思います」

一知は、入口の敷居を指した。学問があるだけに言葉付がハッキリしていた。気分もモウすっかり落ち着いているらしく、平生《いつも》の通りに潤んだ、悲し気な瞳《ひとみ》を瞬いていた。

「この引戸が半分、開け放しになっておりました」

草川巡査は一知青年と二人で暗い台所に入った。継ぎ嵌《は》めだらけの引戸の締りを内側から検《あらた》めてみた。

「成る程。ここの締りはこの掛金を一つ掛けただけだな」

「ハイ。その掛金の穴へ、彼の竈《へっつい》の長い鉄火箸《ひばし》を一本刺して置くだけです」

「昨夜《ゆんべ》も刺して置いたのか」

「ハイ。シッカリと刺して置いた積りでしたが、今朝見ますとその鉄火箸は、ここの敷居の陰に落ちておりました」

その板片の継ぎ嵌めだらけの板片を一つ一つに検めていた草川巡査は、

「よし。昨夜の通りに今一度、内側から締めてみい」

「ハイ……」

一知が内側から戸を閉めて、掛金を掛けて、火箸をゴクゴクと挿込む音がした。すると草川巡査は、その継ぎ嵌めの板片の中の一枚を外から何の苦もなくパックリと引離して、そこから片手を突込んで鉄火箸を引抜いて、掛金を外した。その板片と火箸とを両手に持った儘引戸を静かに押開いてノッシリと土間へ入って来ると、その土間の真中に突立っている一知の真青な顔を無言のままニコニコと見上げ見下した。

一知の額には生汗がジットリと浮出していた。西洋の女のように白い唇をわななかして、今にも気絶しそうに眼をパチパチさせた。それを見ると草川巡査の微笑が一層深くなった。

「馬鹿だな。……この板を打付けた釘《くぎ》の周囲《まわり》がスッカリ腐っているじゃないか。これがわからなかったのか……今まで」

一知は寝巻の袖《そで》で汗を押拭《ぬぐ》い押拭いペコペコと頭を下げた。

「……すみません……すみません……」

草川巡査は手に持った板片の釘痕《くぎあと》を合わせて、スッポリと元の板戸の穴へ嵌め込みながら、なおも微笑を深くした。

「馬鹿だよお前は……俺に謝罪《あやま》っても何にもならんじゃないか。ええ。一軒の家の主人《あるじ》となったら……ことにコンナ一軒家の中で、年老《としと》った両親や、沢山のお金の運命を受持っている若い人間は、モウ少し戸締りや何かに気を付けんとイカンじゃないか。お蔭《かげ》でコンナ間違いが出来たじゃないか……ええ？……」

一と縮みになった一知は、一所懸命に気を取直そうとしているらしく、無言のまま何度も何度も襟元をつくろい直した。

「足跡も何もなかったんか。そこいらには……」

「……ハ……ハイ。ありま……せんでした。山の下から……この踏石を踏んで来たもの……かも知れません」

一知は先に立って表に出た。国道から曲り込んで、深良屋敷へ上って来る赤土道に、一尺置ぐらいに敷並べて在る四角い花崗岩《みかげいし》の平石を、わななく手で指《ゆびさ》した。草川巡査はうなずいた。腰を屈めて、その敷石の二つ三つを前後左右から透してみた。

「足跡も何もない……ところでお前達は昨夜ドコに寝とったんか」

「この台所に寝ておりました」

「何も気付かなかったんか……それでも……」

何を思い出したのか一知が、突然に真赤になって自分の影法師を凝視した。その横頬と青い襟筋が朝日に照らされて、女のように媚《なま》めかしかった。

「マユミさんと一緒に寝とったんか」

一知は首筋まで真赤になった。井戸端で水を汲《く》んでいるマユミの背後《うしろ》姿をチラリと見た。

「いいえ。彼女《あいつ》は毎晩、両親の吩咐《いいつけ》で直ぐ向うの中の間に寝る事になっておりますので……」

「ホントウか。大事な事を聞きよるのだ」

「ホントウで御座います。一緒に寝た事は……今までに……一度も……」

そう言ううちに一知は興奮したらしく早口になりかけたが、忽《たちま》ちサッと青くなって口籠《ごも》った。言うのじゃなかった……と言った風に唇をギュッと噛《か》んで、忙しく眼瞬きをした。その顔を草川巡査は穴のあく程凝視したので、一知はイヨイヨ青くなって頸低《うなだ》れた。

「フウム。妙な事を言うのう……マッタクか……それは……」

一知は怨《うら》めしそうな、悲痛な顔を上げて草川巡査の顔を見たが、その瞳《め》には一パイに涙が溜《たま》っていた。

「ハイ……しかし……それは……今度の事と……何の関係もない事です」

「うむうむ。そうかそうか。それでラジオの音に紛れてマユミさんと一緒に寝よったんか。ハハハ」

一知は頸低れたまま涙をポトポトと土間へ落した。微《かす》かにうなずいた。

「アハハハ。イヤ。そんな事ドウでも良《え》え。お前達が寝《ね》居《よ》る位置がわかれば良えのじゃが……ところで、それには怪訝《おか》しいのう。二人とも犯人の通り筋に寝ておったのに、二人とも気付かなかったんか」

一知が深いタメ息をしいしい顔を上げた。

「ハイ。私が気付きませんければ……彼女《あいっ》は死人と同然で……寝ると直ぐにグウグウ……」

と言ううちに又、赤い顔になって頸低れた。

「フム。毎晩、何時頃に寝るのか、お前達は……」

「両親達はラジオを聴いてから一時間ばかりで寝付きますから、私たちが寝付くのはドウしても十二時過ぎになっております。もっともこの頃は九時か十時ぐらいに寝ているようです。ラジオを止めましたから……」

「何故ラジオを止めたのかね」

「養母《おっか》さんが嫌いですから……」

と言ううちに一知は又も無念そうに唇を噛んだ。

「ふうむ。惨酷《ひど》いお養母さんじゃのう。起きるのは何時頃かね」

「大抵今朝ぐらいに起きます」

「夜業《よなべ》はせぬのか……藁細工《わらざいく》なぞ……」

「致しません。時々小作米とか小遣の帳面を枕元の一燭の電燈《でんき》で調べる位のことで、直ぐに寝てしまいます」

「老人《としより》と言うものはなかなか寝付かれぬものと言うが、やっぱりソンナに早く寝てしまうのか……」

「さあ。私はよく存じませんが……疲れて寝てしまいますので……」

その時に井戸端で二人の問答を聞いていたマユミが、草川巡査の顔を振返って、何が可笑《おか》しいのか突然《だしぬけ》にゲラゲラと笑ったので、草川巡査は又もゾッとさせられた。

草川巡査は妙な顔をしたまま靴を脱いで、台所の板の間に上った。以前の母家から持って来たものであろう、家に不似合な大きな戸棚の並んでいる間から、中の間に通う三尺間を仕切っている重たい杉の開戸を軍隊手袋《ぐんて》を嵌めた両手で念入りに検査した。それは真鍮《しんちゅう》製のかなり頑固な洋式の把手《とって》で、鍵穴《かぎあな》の付いた分厚い真鍮板が裏表からガッチリと止めて在る。それが、やはりこの家に不似合なものの一つに見えた。

「この把手はお前が取付けたんか」

「いいえ。養母さんが取付けたのだそうです。一軒家だから用心に用心をして置くのだと言って、養母さんが自分で町から買《こ》うて来て、隣村の大工さんに付けて貰うたのだそうです」

「そうすると、この家に引移った当時の事だな」

「よく知りませんがヨッポド前だそうです」

「フム。毎晩この鍵を掛けて寝るのか」

「ハイ。私が寝ると、養母さんが掛けに来ます」

「そうすると鍵は養母さんが持って、寝て居る訳じゃのう」

「ハイ……そうらしゅう御座います」

「うむ。惨酷《ひど》い事をするのう」

そう言って草川巡査は、うなだれている一知の顔を見たが、暗いので顔色はよくわからなかったけれども、モウ肩を震わして泣いているらしかった。寝巻浴衣《ゆかた》の袖で眼を拭い拭い潤んだ声で言った。

「……あきらめて……おります……」

草川巡査はそのまま暫《しばら》く考え込んでいたが、やがて軽いタメ息をしてうなずいた。

「ふうむ。成る程のう……しかしこれ位の鍵を一つ開ける位、窃盗常習犯に取っては何でもないじゃろう」

そう言って、今一度タメ息をしいしい一知青年をかえりみた。

「……一緒に来て見い。奥座敷へ……」

閉め切った古い雨戸の隙間と夥《おびただ》しい節穴から流れ込む朝の光に薄明るくなっている奥座敷に来てみると、成る程無残な状態《ありさま》であった。滅多にコンナ事に出会わない村医の神林先生が周章《あわ》て逃げ出して行ったのも無理がなかった。

古ぼけた蚊帳《かや》の中で別々の夜具に寝ていた老夫婦は、殆《ほと》んど同時に、声も立て得ぬ間に絶息したものらしい。父親の牛九郎の方は仰臥《あおむ》けしたまま禿《はげ》上った前額部の眉《まゆ》の上を横筋違いに耳の近くまでザックと割られて、鶏の内臓みたような脳漿《のうみそ》がハミ出している。また姑《しゅうとめ》のオナリ婆さんは俯伏《うつぶ》せになって、枕を抱えて寝ていたらしく、後頭部を縦に割付けられていたが、これは髪毛があるので血が真黒に固まり付いている上に、二人の枕元の畳と蒲団《ふとん》の敷合わせが血餅《ちのもち》でつながり合って、小さい堤防のように盛上っていた。

いずれも極めて鋭利な重たい刃物で、アッと言う間もない唯《ただ》一撃ちに片付けられたものと見えた。蚊帳には牛九郎老人の枕元に血飛沫《ちしぶき》がかかっているだけで、ほかに何の異状も認められない処を見ると、二人の寝息を窺《うかが》った犯人は、大胆にも電燈を灯《つ》けるか何かして蚊帳の中に忍び入って、二人の中間に跼《しゃが》むか片膝《ひざ》を突くかしたまま、右と左に一気に兇行《きょうこう》を遂げたものらしい。何にしても余程の残忍な、同時に大胆極まる遣口《やりくち》で、その時の光景を想像するさえ恐ろしい位であった。

草川巡査は持って来た懐中電燈で、部屋の中を残る隈《くま》なく検査したが、何一つ手掛になりそうなものは発見出来なかった。ただ老夫婦の枕元に古い、大きな紺絣《こんがすり》の財布が一個落ちていたのを取上げてみると、中身は麻糸に繋《つな》いだ大小十二、三の鍵と、数十枚の証文ばかりであった。草川巡査はその財布をソッと元の処へ置きながら指した。

「これが盗まれた金の入っていた袋だな」

「……そう……です……」

と言ううちに一知は今更、おそろしげに身を震わした。

「現金はイクラ位、入っていたのかね」

「明日《あした》……いいえ、今日です。きょう信用組合へ入れに行く金が四十二円十七銭入っていた筈《はず》です。麦を売って肥料を買った残りです」

「お前はその現金を見たんか」

「いいえ。私はこの家へ来てから一度も現金を見た事はありません。私が付けた田畑の収穫の帳面尻《じり》をハジキ上げて、イクライクラ残っていると、台所から呶鳴《どな》りますと、養母《おっか》さんが寝床の中で銭を数えてから、ヨショシと言います。それが、帳尻の合っております証拠で……いつもの事です」

「そうかそうか。成る程……」

その時一知の背後の中の間でマユミがオロオロ泣出している声が聞えた。両親の不幸がやっとわかったらしい。

その時に又、遙か下の国道から自動車のサイレンが聞えて来たので、草川巡査は慌てて靴を穿《は》いて表に出た。花崗岩《みかげいし》の敷石を飛び飛び赤土道を降りて、到着した判検事一行の七名ばかりを出迎えた。

後篇

太陽はいつの間にか高く昇って、その烈たる光焔の中に大地を四十五度以上の角度から引き包んでいた。その眼の眩《くら》むような大光熱は、山々の青葉を渡る朝風をピッタリと窒息させ、田の中に浮く数万の蛙《かわず》の鼻の頭を一つ一つに乾燥させ、地隙を這《は》い出る数億の蟻の行列の一匹一匹に青空一面の光を焦点作らせつつジリジリと真昼《まひる》の白昼の憂鬱《ゆううつ》を高潮させて行った。

この夏限りに死ぬと言うキチガイじみた蟬の声々が、あっちの山々からこっちの谷々へと、真夏の雲の下らない無味乾燥なオーケストラを荒れまわらせ、溢《あふ》れ波打たせて、極端な生命の狂騒と、極端な死の静寂との一致を、亀裂《きれつ》だらけの大地一面に沁《し》み込ませて行くのであった。

その小高い丘の木立の中に、森閑と雨戸を鎖した兇行の家……深良屋敷を離れた草川巡査は、もうグッタリと疲れながら、町から到着した判検事の一行を出迎えるべく、佩《はい》剣《けん》の柄を押え押え国道の方へ走り降りて行った。

本署からは剛腹で有名な巨漢《おおおとこ》の司法主任馬酔《あせび》警部補と、貧相な戸山警察医のほかに、刑事が二名ばかり来ていた。検事の名前は鶴木と言って五十恰好《かっこう》の温厚そうな童顔禿頭《とくとう》の紳士、予審判事は綿貫と言う眼の鋭い、痩《や》せた長身の四十男で、一見した処、役柄が入れ違っているかのような奇妙な対照を作っていた。そのアトから腎臓《じんぞう》病で腫《むく》んだ左右の顳顬《こめかみ》に梅干を貼った一知の父親の乙束区長が、長い頰鬚《ひげ》を生した村医の神林先生や二、三人の農夫と一緒に大慌てに慌てて走り上って来たが、物々しい一行の姿にスッカリ怯《おび》えてしまったらしく、一人も家の中に入ろうとする者はなかった。今更の事のようにメソメソ泣きながら出迎えた一知夫婦と一緒に、一言も口を利かないまま、井戸端の混凝《タタ》土《キ》の上に並んで突立って、検事や、予審判事や、警官連の行動をオドオドと見守ってばかりいた。

一行の取調は極めて簡単であった。

一行は既に区長の処へ立寄るか何かしていろいろの話を聞いて来ているらしく、馬酔司法主任が途中で一知をチョット物陰へ呼んで、何かしら二、三質問をしただけで、草川巡査の報告なぞは検事の耳に入る迄《まで》もなく、例によって例の如き司法主任の独断の前に一蹴《いっしゅう》され、冷笑されてしまったらしい。

疑いもない強盗殺人で、新夫婦が熟睡して気付かぬ間に演ぜられた兇行に相違ない。そんな例は今までにも随分多い事が経験上わかっている。むろん高飛をする前科者か何かが旅費に窮するか何かしての所業《しわざ》であろう。淋《さび》しい一軒家で、相当の資産家である事は人の噂でもわかるし、毎晩夕方に点《とも》しているという五十燭の電燈《でんとう》も、国道を通りかかった者の注意を相当に惹《ひ》く筈である。足跡のないのは敷石ばかりを踏んで出入したせいに相違ない……と言う事になったらしい。泣きの涙でいる新夫婦が、司法主任や刑事たちからシキリに慰められながら、何度も何度もお辞儀をするにつれて、父親の区長や村民たちまでもがペコペコと頭を下げ始めた。事実、世にも美しい若い夫婦が、手を取合って泣いている姿は一同の同情を惹くのに十分であった。

草川巡査が区長と連れ立って、大急ぎで深良屋敷から降りて行くと、その背後を見送るようにして検事、判事、司法主任の三人が門口を出て行った。そうして昔の母屋を取払った遺跡《あと》が広い麦打場になっている下の段の肥料小舎《ごや》の前まで来ると、三人が向い合って立停って、小声で打合わせを始めた。肥料小舎の背後を豊富な谷川の水が音を立てて流れているので、三人の声は三人以外の誰の耳にも入らなかった。

「捜査本部はどこにするかね」

「駐在所でいいでしょう。電話がありますから。刑事を一人残して置いて、必要に応じて出張する事にしたいと思います。自動車で約一時間ぐらいで来られますから……」

「そう。それがいいでしょう。実を言うと例の疑獄の方で儂《わし》も忙しくて、これにかかり切る訳にも行かんでのう……処でアタリは付きましたかな……」

「いろいろ想像が出来ますねえ。犯人は区長と、一知と、ルンペンと、前科者と……」

「ハハハア。しかし今の処どれも考えられんじゃないですか、この場合……第一区長は見たところ相当な好人物に見えるじゃないですか。村の者のコソコソ話によると、区長は村のために、自分一人が犠牲になって死物狂いに努力しおる名区長じゃと言うし、息子の一知も区長が或《あ》る計画の下に養子に遣ったものでは決してない。こっちからの望みであったと言うし、目下区長が全責任を負うて心配している信用組合の破綻《はたん》を救うために、村民の決議で村有の山林原野を抵当にして、相当有利な条件の借金話が、区長と死んだ深良老人との間に都合よく進行しているという話じゃから、その裏の裏の魂胆でもない限りは、区長へ嫌疑をかけるのは無意味じゃないかと思うです。深良爺《じい》さんが死ぬと区長は大きな損をする訳ですからナ」

「私は最初、一知に疑いをかけておりました。外から入った形跡が全然見当らないのですからね。草川巡査も、ただ今のお話を知らなかったらしく、私と同意見で、一知に疑いをかけているらしい口吻《くちぶり》でしたが、しかし、私が最前ちょっと一知を物陰に呼んで、心当りはないかと尋ねてみますと、一知はモウ、そんな意味で草川巡査に疑いをかけられている事をウスウス感付いているらしいのです。眼に涙を一パイ溜《た》めながら……私はまだこの家の籍に入ってはおりませんが、かりにも義理の両親を殺して、実父の財政が間違いなく救われる事になりますならば、喜んでこの罪を引受けましょう……とキッパリ申しておりました」

「フーム。田舎者としては立派すぎる返事ですなあ。すこし頭が良過ぎるようじゃが……」

「あの青年はこの村でも有数のインテリだそうです」

「そうらしいですな。殊にあの養子はこの村でも一番の堅造という話ですな」

「草川巡査もそう言うておりました。あの別嬪《べっぴん》の嬶《かかあ》も好人物過ぎる位、好人物という話です」

「ウム。あの若い夫婦は大丈夫じゃろう。実父の区長のためになる事でなければ、そう急《せ》いて老夫婦を殺す必要もない筈じゃから……しかし通りがかりのルンペンにしては遣り口が鮮やか過ぎるようじゃなあ」

「……今度の兇行の動機は怨恨《えんこん》関係じゃないでしょうか。金品《かね》を奪ったのは一種の誤魔化手段《カモフラージュ》じゃないですかな」

「……と言うと……」

「マユミの縁組問題です……ずいぶん美人のようですからね」

「それも考えられるな。今の一知という青年と同年輩で、マユミに縁組を申込んで、老人夫婦に断られた者はおらんかな」

「十分に調べさせてみましょう」

「何にしても問題は兇器《きょうき》だ。アッ……草川君が帰って来た。また恐ろしく大勢連れて来たな。ハハハ……なかなか気が利いている」

「ナアニ。この村は青年が一致しているのでしょう」

青年団の兇器捜索は間もなく開始された。中にも草川巡査の指揮振りは実に手に入ったもので、鶴木検事は一々感心しながら見物していた。青年連中の草川巡査に対する尊敬ぶりは、ちょうど小学校の生徒が、受持の教師に対する通りで、骨身を惜しまず、夢中になって活躍するのであった。日盛りの蟬の声々が大海原の暴風を思わせる村の四方《よも》の山々を通抜ける幾筋もの小径《こみち》を基線にして、次第次第に捜索の範囲が拡大されて行った。青年ばかりでなく村の大人たちまでも、この前代未聞の惨劇を描き出した未知の兇器に対するたまらない好奇心に駈られて、強烈な真夏の光線を交錯させている草や、木や、石の投影に胸を躍らせ、呼吸を怯えさせながら、そうして如何《いか》にも大事件らしく呼び交す感傷的な叫び声の中に、いろいろの鳥や虫の影を飛立たせながら、眼も眩むほどイキレ立つ大地の上を汗にまみれて匍《は》いまわった。

しかし日暮方まで何等の得る処もなかった。

ヘトヘトに疲れた草川巡査が、青年達を国道の上に呼集めた時には、判検事の一行はモウ引上げていた。二人の被害者の屍体《したい》も、蒲団《ふとん》に包んだ上から荒菰《あらこも》で巻いて、町から呼んだ自動車に載せて、解剖のため、大学へ運び去られたアトであった。

兇器が発見されないために、犯人を検挙する手がかりが全くない事になった。

近まわりの村々を刑事がまわって、行動の疑わしい者や変った出来事を一々調べ上げたが、元来、朴実な人間たちと、平和な村政で固まっている村々には、二、三羽の鶏の紛失や、一尺か二尺の地境の喧嘩《けんか》が問題になっている位のことで、前科者らしい者は勿論《もちろん》、素行の疑わしい者すらいなかった。それやこれやで、八月の末になると、もう事件が迷宮に入りかけて来た。

……やはり久しくこの辺を通らなかった兇悪な前科者が、通りがかりに遣付《やっつ》けた仕事だろう……

と言ったような噂が一時、村の人々の間で有力になった。それにつれて滑稽《こっけい》にも村中の戸締りが俄《にわか》に厳重になったものであったが、しかしそれとても別にコレと言った拠《よ》り処のない、空想じみた噂に過ぎなかったらしい。警察方面で、そんな方面に力を入れた形跡もないうちに、刑事たちがパッタリ寄付かなくなったので、村の人々も安心したように口を噤《つぐ》んでしまった。そうして日に増し事件の印象を忘れ勝ちになって行くのであった。

もっともその間じゅう草川巡査は、毎日毎日電話でコキ使われていた。兇器が発見されないかとか、新しい聞込みはないかとか、区長の財政状態はドウなったかとか、一知は相変らず働いているかとか、もう少し責任を負って仕事をしろとか、叱言《こごと》じみた事ばかり聞かされたので頗《すこぶ》る不平らしく見えたが、しかし、それでも極めて忠実に命令を遵奉しているにはいた。

一方に深良家の新夫婦は、老人夫婦の死骸《しがい》の後始末が付いた後、極めて幸福な新生活に入ったらしかった。父親の乙束区長が、よろぼいよろぼい借金の後始末に奔走しているのを一知は依然として知らぬ顔をしているかのように見えた。或《あるい》は乙束区長が、自分自身の財政に行詰った余り、一知と諜《しめ》し合わせて、深良家の財産を引っぱり出そうとした処から起った間違いではないかと、心の片隅で疑っていた所謂《いわゆる》世間知りも、村人の中に一人や二人いないではなかったが、しかし、そうした区長の窶《やつ》れ果てた顔と、何も知らない赤ん坊のような一知の、世にも幸福そうな顔色とは、そうした疑惑を一掃するのに十分であったらしい。

老夫婦が惨死した深良屋敷の奥座敷は、山伏の神祓《おはら》いで浄められて、新しい畳が青々と敷き込まれた。その上に土蔵の中から取出された見事な花茣蓙《はなござ》が敷詰められて、やはり土蔵の奥から持出された古い質草らしい、暑苦しい土佐絵の金屏風《びょうぶ》が建てまわされた。そうしてその土蔵の背後に在る畠《はたけ》境いの塵捨場《ごみすて》には、珍しい罐詰《かんづめ》の殻や、西洋菓子の空箱や葡萄《ぶどう》酒の瓶なぞがアトからアトから散らかるようになった。そうして眼に痛い程明るい五十燭や百燭の電燈と、賑《にぎ》やかなラジオの金属音が、又もや毎晩毎晩丘の上から流れ落ち始めて、村の家々を羨《うらや》ましがらせ、かつ、悩ました。どうかすると十二時頃まで、奇妙な支那《しな》の歌声や、器楽の音なぞが、チイチイガアガア鳴り響くのであったが、それに気が付くたんびに村の人々は顔を見合わせた。

しかし、それでも夜が明けると一知夫婦はキチンキチンと仕事に精を出し、墓参りを怠らなかった。忌日忌日の法事も若いのに似合わず念入りに執行《とり》なって、村中の仁義交誼《こうぎ》を怠らない気ぶりを見せた。

これに反して草川巡査は日に増し憂鬱《ゆううつ》になって行った。心の奥底で何事かを煩悶《はんもん》しているらしく、高文の受験準備をやめてしまったばかりでない。夜通し眠らないような力ない鬱陶《うっとう》しい眼付をしてヒョロヒョロと巡回して歩く姿が、次第に村の者の眼に付くようになった。顔には無精鬚《ひげ》が茫々《ぼうぼう》と伸び、頬がゲッソリと痩《や》せこけて、眼ばかり奥深く底光りするようになった。夕方なぞ見窶《みすぼ》らしい平服で散歩するふりをして駐在所を出ると、わざと人目を忍んだ裏山伝いに丘の上の深良屋敷の近くに忍び寄って、木陰の暗がりに身を潜めつつ、新夫婦の仲のよい生活ぶりをコッソリ覗《のぞ》いている……と言ったような噂がいつとなく村中のヒソヒソ話に伝わり拡がった。ことによると深良屋敷の老夫婦殺しは、草川巡査かも知れん……なぞと飛んでもない事を言う者すら出て来るようになった。

その中に秋口になって、山々の木立に法師蟬がポツポツ啼き始める頃になると、深良屋敷の一知夫婦が揃いの晴れやかな姿で町へ出て、生まれて初めての写真を撮った。無論それは二人の新婚の記念にするのだと言っていたが、その写真が出来て来たのを、区長の家で偶然に見せて貰《もら》った草川巡査は、何故かわからないが非常に緊張した、寧《むし》ろ悲痛な表情で一心に凝視していた。その写真屋の名前を何度も何度も見直してシッカリと記憶に止めてから、妙に剛《こわ》ばった笑い顔で鄭重《ていちょう》に礼を言って区長の家を出た。何かしきりに考えながらも足取だけは小急ぎに国道へ出たが、ちょうど通りかかった乗合自動車《バス》を見ると、急に手を挙げて飛乗って町へ出た。記憶している名前の写真屋を直ぐに尋ね当てて、極く内々で一知夫婦の写真の焼増を一枚頼んだ。

するとちょうど助手の不注意で一枚余分に焼いたのが在ったので、草川巡査は久し振りに満足そうな笑顔を洩《も》らした。引ったくるようにその一枚を貰って、その足で鶴木検事を裁判所に訪問し、折柄宣告をすましたばかりの検事に裁判所の応接室で面会をすると、その写真を手渡ししながら自分の見込をスッカリ打明けた。

意気込んでいる草川巡査の訥弁《とつべん》を、法服のまま静かに聞き終った禿頭《とくとう》童顔の鶴木検事は、草川巡査の質朴を極めた雄弁にスッカリ釣込まれてしまったらしい。草川巡査と同じように憂鬱な顔になって、両腕を深々と胸の上に組んだ。

「つまりその砥石《といし》の上で刃物の柄を撞着いて、抜けないようにしたと言うのですな」

「そうです。そのほかに今申上げましたようなラジオや戸締りに関する一件もありますので、テッキリ犯人と睨《にら》んでいるのですが」

「どうも……意外千万な推測ですな」

と検事は苦《にが》り切って腕を組み直した。

「……ただ今では最後の懸案として、あの区長の動静について注意しているのですが」

「ハイ。私も署長からその指令を受けましたので十分に注意して見ましたが、区長は絶対にそんな事の出来る人間ではありません。むしろ自分の息子を養子に遣った家から補助を受けたりする事を潔しとしない、純粋な性格の男です。目下、東京で近衛の中尉をしております長男からも、その一知から金を借りない趣旨に賛成の旨を返事して来ております。のみならず昨日の事です。その長男の手紙と同時に、勧業銀行から破産宣告に関する通知が来ているのを私は見て参りました」

「フーム。してみると区長に嫌疑はかけられぬかな」

「ハイ。区長は絶対の無罪と信じます。少なくとも区長と犯人との間柄は、赤の他人以上に無関係です」

「しかし君は、そうした犯人に関する意見を、何故に司法主任の馬酔君に話さなかったのですか。その方が正当の順序じゃないですか」

草川巡査はギクンとしたらしく言葉に詰まった。しかし、やがて冷たい渋茶を一パイ飲むと、やはり持って生まれた訥弁で、

「こんな事は今度の事件と全然関係のない、私の一身上のお話ですが……」

と恐縮しいしい自分が谷郷村に赴任した理由を詳しく話し出した。

「そんな理由で……私のような下級官吏の口から申上るのは僭越《せんえつ》ですが、昔から田舎や

都会に根を張っております政党関係の因縁の根強さは、到底、私どもの想像に及びませんで、それに……私は元来、極く田舎の貧乏寺の僧侶《そうりょ》の子で御座いまして、父親の名跡《あと》を継ぐために、曹洞宗《そうとうしゅう》の大学を出るだけは出ました者ですが、現在の宗教界の裏面の腐敗堕落を見ますとイヤになってしまいまして、いっその事直接に実社会のために尽そうと考えて、檀家《だんか》の人々が止めるのも聴かずに巡査を志願致しましたような偏屈者で御座いますから、そんな因縁の固まりみたような地方の警察署ではトテモ不愉快で仕事が出来ません。言う事なす事が皆、上長の機嫌に触りますので……もっともただ今では政党の関係はなくなりましたが、昔の有力者と言う者が残っておりまして、近づいて参ります選挙でも、警察の力を利用して、勝手な事をしてやろうと腕に捩《より》をかけて待っているような情勢であります」

「フムフム。それはモウよくわかっているが……」

「ですから、私のような偏屈者が警察におりますと、何としても邪魔になりますらしいので、私が高等文官の試験準備を致しておりますのを良い事にして、田舎の方が勉強が出来るからと言って谷郷村へ逐《お》い遣《や》られてしまったのです」

「……成る程」

「ですから、今のような事実を説明しましても、上長に憎まれております私ですから、ナカナカ取上げて貰えまいと思いました。現に署長は、私が捜索を怠けておりますために事件の眼鼻が付かないものと考えておられるようで、電話でたびたびお叱りを受けております。実際を御存じないものですから……」

「ふうむ。しかしそのような事実を、今日が今日まで私に黙っておられたのは何故ですか」

鶴木検事の口調がダンダン裁判口調になって来た。草川巡査も、新しい西洋手拭《タオル》で汗を拭《ふ》き拭きイョイョ訥弁になって来た。

「……その……今申しました犯人の性格をモット深く見究めたいと思いましたので……つまり犯人は都会の上流や知識階級に多い、変質的な個人主義者に違いないと思ったのです。もちろん最初のうちは、そんなような感情や理知の病的に深い人間が、あんな田舎にいようとは思いませんでしたので……それに村民の評判がステキにいいものですから、出来る限り慎重に致したいと考えましたので……」

「成る程……」

「……そ……それにあの砥石の位置が、暗闇《やみ》の中で見えるか、見えないかが確かめて見とう御座いましたので……あの惨劇の晩は一片の雲もない晴れ渡った暗夜で御座いましたが、その翌る晩から曇り空や雨天が続きまして、それが晴れると今度は月が出て来るような事で、まことに都合が悪う御座いました。それであの晩と同じような雲のない暗夜が来るのを辛抱強く待っておりますうちに、やっと四、五日前の晩に実験が出来ました。つまり台所の入口に立ちますと、あの砥石が井戸端の混凝土《タタキ》と一緒にハッキリと白く闇の中に浮いて見える事がわかりました。もっとも、それはただ小さい白い、四角い平面に見えているだけで、砥石だか何だかわかりませんが、それを砥石と認め得る人間はあの家の者より他にない筈《はず》です」

「いかにも……それは道理《もっとも》な観察ですが、しかし万一兇器《きょうき》としても単に柄を嵌《す》込《げ》るだけの目的ならば、付近にシッカリした花崗岩の敷石が沢山に在るのに、何故あんな暗い処に在る石を選んだものでしょうか。……それから今一つ、兇器の柄がシッカリ嵌《はま》っていない事を、犯人は最初から気付かずにいたものでしょうか。どうでしょうか。そのような点はドウ考えますか」

「それは……恐らく加害者が、兇行間際の緊張した気持から、新しい兇器の柄に不安を感じた結果、何かでシッカリと柄を打込むべく外へ出たものであろうと考えます。ところがあの小高い深良屋敷の台所に近い敷石の上を動く人影は、木の間隠れではありますが、空を透しておりますために、雨天でない限りはどんな闇夜でも下の国道から透して見え易い事を、用心深い犯人がよく知っていたに違いありません。ですから軒下の暗闇づたいに近付いて行ける、あの真暗い背戸《せと》の山梔子《くちなし》の樹陰に在る砥石を選んだものではないかと考えます。あそこならば物音が奥座敷へ聞こえかねますから……」

「イヤ。よろしい。熱心に遣って下すった事を感謝します。それでは今のお話のオナリ婆さんの変態的な性格についてですね。……どんな風にオナリ婆さんが、一知夫婦を窘《いじ》めたかに就いてですね……出来るだけ秘密に……そうしてモット具体的に確かめられるだけ確かめて置いて下さい。こちらはこの写真によって直ぐに調査を進行させますから…

「……ハ……ありがとう御座います」
…」

草川巡査は三拝九拝せんばかりにして裁判所を出た。乗合自動車《バス》に乗って日の暮れぬうちに谷郷村に帰った。

翌日になると、早速、鶴木検事の手が動き出した。

青年深良一知の顔だけの拡大写真が幾枚となく複製された。それを携えた刑事や警官が、町中のありとあらゆる金物店について調査を進めた結果、ちょうど七月十五日の氏神祭の日のこと、写真にソックリの学生風の青年が、乗馬倶楽部《くらぶ》の者だと言って新しい藁切庖丁《わらきりぼうちょう》を一梃《ちょう》買って行った。学生に不似合な買物だったので店員が皆不思議がっていた……という店が二日目の夕方になってヤット発見された。

その翌日になると、又も思い出したように本署から来た二名の刑事と草川巡査が、谷郷村の青年を招集して、大々的な兇器捜索を開始したので、忘れかけていた事件の当初の恐怖的な印象が今一度、村の人々の頭に喚起されたが、その最中に突然、一知青年が自宅から本署へ拘引されて行ったので、村の人々は青天《せいてん》の霹靂《へきれき》のように仰天した。腎臓《じんぞう》病の青膨れのまま駈《か》け着けて来た父親の乙束区長が、オロオロしているマユミを捉《とら》えて様子を訊《き》いてみたがさっぱり要領を得ない。仕方なしに山の中で兇器捜索に従事している草川巡査に縋《すが》り付いて、何とかして息子を救う方法はないものかと泣きの涙で尋ねたが、これも腕を組んで、眼を閉じて、頭を左右に振るばかりである。もとより拘引の理由なぞを洩《も》らしそうな態度《ようす》ではないので、手も力も尽き果てた区長は大急ぎで町へ出て弁護士の家へお百度詣《まい》りを始めた。

一方に拘引された一知は全く驚いた顔をしていた。

厳重な取調を受けても一から十まで「知りません」「わかりません」の一点張りで、女のようにヒイヒイ哭《な》くばかりであった。そのうちに問題の藁切庖丁を売った店の番頭が呼出されて来て、一知の顔を見せられると、たしかにこの人に相違ないと明言し、当日持っていた蟇口《がまぐち》の恰好《かっこう》や、学生らしくない言葉癖まで思い出した立派な証言をして帰ったので、係官一同はホット一息しながら、直ぐに起訴の手続を取った。

しかし一知は、それも頑張った。

「私は誰にも怨恨《えんこん》を受ける記憶はありません。しかし藁切庖丁の一件はたしかに私を罪に陥れるためのトリックです。それがわからないのは貴方《あなた》がたのお調べが足りないからです。在りもしない藁切庖丁で、どうして人を殺すことが出来ますか」

とまで強弁した。

谷郷村では草川巡査の評判が一ペンに引っくり返ってしまった。

犯人はいないものと決めてしまっていた村の人々は、殆《ほと》んど一人残らず一知に同情して、草川巡査を憎むようになった。タッタ一人深良屋敷に取残されていたマユミを乙束区長が引取って世話をするようになってからは一層、村民の憎しみが草川巡査の上に深くなって行った処へ、町からたまたま来た刑事までもが……これは草川巡査と鶴木検事の一代の大縮尻《おおしくじり》かも知れない……などと言葉を濁して行ったりしたので、村の連中は最早、一知の無罪を信じ切って疑わないようになって来た。しまいには……草川巡査はズット以前から巡廻の途中で、いつも深良屋敷へ寄道する事にきめていた。そうしてマユミがタッタ一人で留守をしているのを見ると、無理往生をさせる事にきめていたのだ。この間、区長さんがその事を問うてみたら、マユミさんが泣いて合点合点していた……などと誠しやかに言い触らす者さえ出て来た。

そんな噂に取巻かれた草川巡査は、前にも増して痩《や》せ衰えて行った。何度行っても得る処のない深良屋敷の空家の周囲をグルグルと巡廻したり、肥料小舎の入口にボンヤリと突立って、天井裏を見上げていたりした。又は山の中の小さな石の祠《ほこら》を引っくり返し、お狐様の穴に懐中電燈《でんとう》を突込んだりして、寝ても醒《さ》めても兇器の捜索に夢中になっていた。そのうちに九月の末になって、やっと開始された兇器捜索を目的の溜池乾《ためいけ》しで、草川巡査はあんまり夢中になり過ぎたのであろう。一人の青年の働き方が足りないと言って泥だらけの平手で殴り付けたりしたので、可哀相に今度は草川巡査が発狂したと言う評判まで立てられるようになった。……にも拘《かか》わらず草川巡査の狂人に近い熱心な努力は近郷近在の溜池をまで残る隈《くま》なく及んだのであったが、それでも兇器らしいものすら発見出来なかったので、事件の神秘性はいよいよ高まって行くばかりであった。

草川巡査は自分でも自分の精神状態を疑うようになった。或《あ》る晩《とき》の十時過ぎの事、睡られぬままに着のみ着のままで、人通りの絶えた国道に出た。

大空の星の光は夏と違ってスッカリ澄み切っていた。そこには深良屋敷の方向から匐《は》い上って来た銀河が一すじ白々と横たわっていたが、その左右には今まで草川巡査が気付かなかった星霧や、星座や、星雲が、恰《あたか》も人間の運命の神秘さと、宇宙の摂理の広大不可思議を暗示するかのように……そうして草川巡査の一個人の知恵の浅薄さ、微小さを冷笑するかのようにギラギラと輝き並んでいた。その下に真黒く横たわる谷郷村の盆地を冷やかに流れ渡る夜風に背中を向けた草川巡査は、来るとなく深良屋敷に通ずる国道沿いの丁字路の処まで来ると突然、頭の上の天の河の近くで、思い出したように星が一つスウーと飛んだ。

草川巡査は何かしらハッとして立停まった。モウ一つ飛ばないかナ……などと他愛ない事を考えながら、何の気もなく星を見い見い歩き出すトタンに、深良屋敷に通ずる道路の中央に埋めて在る平たい花崗岩《みかげいし》の第一枚目に引っかかって、物の見事にモンドリを打った。

「……アッ……痛いっ」

ジメジメした地面の上に横たおしにタタキ付けられた草川巡査は、暫《しばら》くその儘《まま》で凝然《じっ》としていた。転んだ拍子に何かしらスバラシイ思付きが頭の中に閃めいたように思ったので、それを今一度思い出すべくボンヤリと鼻の先の暗闇を凝視していた。……が……

やがて、ムックリと起き上るとそのまま、衣服の汚れも払わないで国道の上をスタスタと町の方へ歩き出した。半分駈け出さんばかりの前ノメリになって五里の道をヨロメキ急いで町へ出ると、前から知っている検事官舎の真夜中の門を叩《たた》いた。

熟睡していた鶴木老検事は、ようようの事で起き上った。何事かと思って睡い眼をコスリコスリ応接間に出て来たのを見ると、草川巡査は如何《いか》にも急《せ》き込んでいるらしく、挨拶《あいさつ》も何もしないまま質問した。

「……イ……一知は……テ……手紙を書きませんでしょうか」

鶴木検事は、見違える程窶《やつ》れて形相の変った草川巡査の顔を、茫然《ぼうぜん》と凝視した。汗とホコリにまみれて、泥だらけの浴衣《ゆかた》にくるまっている哀れな姿を見上げ見下しながら、静かに頭を左右に振った。

「……書いて……おりませんでしょうね。一知は……一度も……何処へも」

検事は依然として無言のままうなずいた。そこへ夫人らしい人がお茶を酌んで来たが、草川巡査は棒立ちに突立ったまま見向きもしなかった。

「……そ……それを……手紙を出すことを許して頂けませんでしょうか……一知に……」

「……誰に宛てて……書かせるのかね」

腰をかけて茶を飲んだ老検事がやっと口を利いた。

「妻のマユミは無学文盲ですから……父親の乙束区長の方へ手紙を出してもいいと、仰《おっ》言って頂きたいのですが……そうしてその手紙を検閲なさる時に、私に見せて頂きとう御座《ござ》いますが……」

「ハハア。何の目的ですか……それは……」

「兇器《きょうき》を発見するのです」

「成る程……」

鶴木検事の顔に著しい感動の色が浮かんだ。

「ウム。これは名案だ。今まで気が付かなかったが……ナカナカ君は熱心ですなあドウモ。どこから思い付いたのですか。そんな事を……」

草川巡査は答えなかった。鶴木検事の顔を正視してビクビクと咽喉《のど》を引釣らせていたが、そのままドッカリと椅子に腰を卸すと、応接机の上に突伏してギクギクと歔欷《すすりな》き始めた。

検事は子供を労《いたわ》るように立上って、草川巡査の背中を撫《な》でた。

「サアサア。早く帰り給え。人目に付くと悪い。……自動車を呼んで上げようか」

お父さん。いろいろ御心配かけて済みません。僕は絶対的に青天白日です。村の人も僕の潔白を認めて下さると弁護士さんから聞きました。どれ位心強いかわかりません。マユミも引取って下さった由《よし》、何卒何卒よろしくお願い申上げます。この御恩は死んでも忘れません。

弁護士さんのお話によると僕はもう近いうちに無罪放免になるそうですから、帰ったら直ぐに働きます。この不名誉を拭《ぬぐ》い清めて、草川巡査を見返してやります。ですから何もかも元の通りにして構わずに置いて下さい。蜜柑《みかん》の消毒や、堆肥《たいひ》小舎の積みかえなぞもその儘にして置いて下さい。くれぐれも宜しくお願い申します。

マユミにもこの事を、よく言い聞かせて置いて下さい。

どうぞ御病気を大切にして下さい。

さようなら

一知より

父上様

この手紙を見た鶴木検事は、直ぐに警察署へ電話をかけて重要な指令を下した。その翌日のこと、事件当初の通りの係官の一行と、草川巡査と、区長と、村の青年たちの眼の前で、今まで誰も疑わなかった深良屋敷の肥料小舎の堆肥が徹底的に引っくり返されると、一番下の混凝土《コンクリート》に接する処の奥の方から、半腐りになったメリヤスの襯衣《シャツ》に包んだ、ボロボロの手袋と靴下と、赤錆《あかさび》だらけの藁切庖丁《わらきりぼうちょう》が一梃《ちょう》出て来た。その三品を新聞紙に包んで押収した係官の一行の背後《うしろ》姿を、区長も青年たちも土のように血の気を喪《うしな》ったまま見送っていた。

兇器は甚しく錆《さ》びていたので血痕《けっこん》の検出が不可能であった。

しかしそれを突付けられた一知は思わず、

「……シマッタ……やられた……」

と叫んで悲し気に冷笑した切り、文句なしに服罪してしまった。そうして顔色一つ変えず兇行《きょうこう》の顛末《てんまつ》を白状した。

一知は中学時代からマユミを恋していた。そうしてマユミを中心にした自分の一生涯の幸福の夢をいろいろと描いていたが、しかし生まれ付き内気な、臆病《おくびょう》者の一知はそんな事をオクビにも出さずに、どうかしてマユミを吾《わ》が物にしたいと明け暮れ考えまわしているだけであった。だからほかの青年達と一緒になってマユミを張りに行って、マユミやその両親達の信用を失うような軽率な事は決してしなかった。一知の幸運の獲得手段はドコまでも陰性で消極的であった。

その一知の幸福の夢を掻《か》き破るものは、いつもマユミの両親たちであった。一知がマユミと一緒になって世にも幸福な日を送っている幻想を描いている最中に、いつも横合いから現われて来て、その幸福を攪き乱し、冷笑し、罵倒《ばとう》し、その幻想の全体を極めて不愉快な、索然たるものにしてしまうのは、マユミの父親の頑固な恰好《かっこう》をした禿頭《はげあたま》と、母親の狼みたような乱杭歯《らんぐいば》の笑い顔であった。一知はマユミの両親が極度に浅ましい吝《けち》ん坊であると同時に、鬼とも獣とも譬《たと》えようのない残酷な嫉妬焼《やきもち》きである事を、ずっと以前から予想していた。

一知はマユミとの幸福な生活を夢想する前に、何よりも先《ま》ずマユミの両親をこの世から抹殺する手段を考えなければならなかった。

ところでマユミの両親をこの世から抹殺する手段と言ったら、二人を殺すよりほかに方法がない事はわかり切った事実であった。しかし内気な一知は、そんな大それた事が出来ない彼自身である事を、知り過ぎる位知っていた。

そのうちに一知はラジオに夢中になり始めた。それは一知が生得《うまれつき》の機械イジリが好きであったせいでもあったろうが、そのラジオの機械を製作しているうちに一知は一つの素晴らしい思い付きをした事に気付き始めた。夜遅くまでラジオを鳴らして置きさえすれば、どんなにマユミと仲よくしていても、焼餅《やきもち》を焼かれる心配はないだろうと心付いた。それは全くタヨリない、愚かしい思い付きに相違なかったが、しかし、まだ若い一知に取っては天来の福音とも考えていい素敵な思い付きに相違なかった。

それ以来一知はいよいよラジオの製作に夢中になった。鉱石をやめて真空球にして、一球一球と次第にその感度を高め、その声を大きくする事にたまらない興味を持つようになった。もちろん、それとても言う迄《まで》もなく、若い一知が、マユミを中心として描きつづける幸福な幻想に付随した儚《はか》ない興味みたようなものに外ならなかったが、それでも一知は何喰《く》わぬ顔をして明け暮れ機械イジリに熱中して、マユミなんか問題にしないような態度を示していた。それが思い通りに図星に当り過ぎる位当ったので、その時の一知の喜びようと言うものは躍り上りたい位であった。そうしてとうとう思いに堪えかねて、或《あ》る日、日取が待ち切れずに押しかけて行ったものであったが、さて行ってみると案外にも何一つとして想像していたような幸福が得られないのに驚いた。のみならずそこには想像以上の悩ましい地獄と、想像以下の浅ましい生活が待っている事が判明《わか》ったので、一知は実に失恋した以上に深刻な打撃にタタキ付けられてしまったのであった。

深良屋敷の老夫婦は一知が予想していた以上に嫉妬《しっと》深かった。そのうちでもオナリ婆さんの嫉妬振りは正気の沙汰《さた》とは思えない位で、乱暴にも一知が来た晩からマユミと同じ部屋に寝る事を絶対に許さなかった。

同時に老人夫婦は極端に勘定高かった。マユミの壻《むこ》に来る者がない。後を継がせる子孫がない。私達夫婦はこの上もない不幸者だとか何とか、あれほど村中の人々に愚痴を並べまわっていた老夫婦は、そうした悩みを一知が来ると同時に忘れてしまったらしく、一家の経済の足しにならないような養子は、養子としての資格がない……なぞ言う事を公々然と一知の親類の前で宣言した。もちろんラジオだけは最初からの約束があるので、その当座のうちは何とも言わなかったが、それでも何も知らない娘のマユミが珍しさの余りに、一知が操っているラジオを覗《のぞ》きに行ったりするのが、オナリ婆さんの嫉妬をタマラなく刺激したらしかった。いつも目敏《めざと》くマユミを監視して、一知に聞えよがしに訓戒した。

……アノ一知は貧乏者の借金持ちの子で、お前とは身分が違うのを、お前のお守と家の田畠《たはた》の番人に雇うて在るのだよ。言わばこの家の奴隷で、尋常《あたりまえ》に雇うとお金を出さなければならないから、養子という事にしただけの人間だよ。だからまだ籍も何も入れてない赤の他人で、一所懸命に働いて行くうちに、私達が死ねば、お礼にお前とこの家の財産を遣《や》る口約束がしてあるだけの人間だよ。

……と言ったような言葉を日に増し手厳しく実行に移して来た。それは永年自分達夫婦が、金銭の奴隷として屈従しつくして来た不愉快さ、憂鬱《ゆううつ》さ、又は年老いてタヨリになる児を持ち得ない物淋《ものさび》しさ、情なさ、自烈度《じれった》さを、たまらない嫉妬心と一緒に飽く事なく新しい犠牲……若い、美しい一知に吹っかけて、どこまで行っても張合いのない……同時に世間へ持出しても絶対に通用しない自分達の誇りを満足させ、気を晴らそうとしているに相違ないのであった。そうして夜になると一知を、わざと蚊帳《かや》のない台所に寝かし、マユミを中の間の蚊帳の中に寝させて、境目の重たい杉扉にガッチリと鍵《かぎ》をかけたものであった。するとマユミも又マユミで、何だかわからないまま、両親の吩咐《いいつけ》を固く守って、一知が時折コッソリと泣いて頼むのも聞かずに、一度も鍵を外して遣らなかったので、一知は悩ましさの余りに昼の間じゅう死に物狂いに働いて、日が暮れると同時に前後不覚に眠るより他に自ら慰める方法がなくなった。そうして楽しみと言っては唯《ただ》、昼間のあいだ働いている最中だけ、マユミと一緒にいられる。どうかした場合に麦畑の中で汗ばんだ手を握り合う事が出来る位の事であった。又、勘定高い老夫婦も、そうした事を許して置けば一知が仕事に身を入れるに違いない事を想像して、黙認していたものであったが、後にはそれすらオナリ婆さんの感情に触るらしく、自分自身で指図をすると言って、朝早くから日の暮れる迄畑に出て来て、眼を皿のようにして二人の一挙一動を監視し始めたために、一知はとうとう辛抱がし切れなくなった。何度となく逃げ出そう逃げ出そうと決心しながらも、マユミへの愛情に引かされてそれも出来ないままに、毎日毎夜煩悶《はんもん》の極、一種の神経衰弱に陥ったのであろう、とうとう恐ろしい殺意を決するに到った。

オナリ婆さんは老人に有り勝ちな一種の強迫観念に囚《とら》われていたらしかった。オナリ婆さんは村中の人々が自分達の因業さを怨《うら》み抜いている事を、知り過ぎる位知っていて、夜になると必要以上に戸締りを厳重にして、一歩も外へ出ないようにしていた。その態度は明らかに村中の人々を自分の敵に廻《まわ》している気持をあらわしていたもので、しかもその村人の中でも若い、元気な一知が自分の家の中に寝ているのを、さながらに敵のまわし者が入り込んで来ているかのように恐れて警戒していたのであった。

もちろんオナリ婆さんは最初から一知に対してソンナ気持を持っていた訳ではなかったが、そのうちに一知の鳴らすラジオの音が次第次第に高まって行くうちに、オナリ婆さんのそうした恐怖的な妄想もだんだんと大きく深刻になって来て、しまいには一知が自分達を殺す目的でラジオを担ぎ込んだものに違いないとさえ思うようになった。

「なあ爺《じい》さん。あのラジオの音の恐ろしい事なあ。あの音のガンガン鳴り続けているうちなら、妾《わたし》たちがドンナに無残《むご》い殺されようをしても、村の人には聞こえやせんでなあ。

一知は村の者から頼まれて、私たちを殺しに来た奴かも知れんと思うがなあ。あのラジオを止めさせんうちはドウモ安心ならんと思うがなあ」

この話をマユミから洩《も》れ聞いた一知は、即座に決心してしまった。それは一知に取って絶対絶命の最後の楽しみを奪われる宣言に外ならなかったからであった。

ちょうどその頃のこと、ラジオで三晩続けて探偵小説の講話があって、絶対に発見されない殺人の手段なぞに関する話が、いろいろな例を引いて放送されたので、一知は村中の人々の怨みを一人で代表しているような気持になって、全身を耳にして傾聴した。

そうしてラジオの機械を研究する以上の熱心さを以《もっ》て夜となく昼となく考え抜いた結果、これなら大丈夫と思われる一つの成案を得た。

一知は先ず、勝手口の継ぎ嵌《は》め戸の一枚の板の釘《くぎ》の頭に、手製の電池に残っている硫酸を注意深く塗付けて出来るだけ自然に近い状態に腐蝕《ふしょく》させ、その板を自由自在に取外せるようにした。それから垣根用の針金を買いに行くと称して野良着のまま町へ出て、かねてから誤魔化して置いた小遣いで古い学生服を買って野良着の上から巧みに着込み、新しい藁切庖丁《わらきりぼうちょう》と安いメリヤスの襯衣《シャツ》と軍隊手袋と安靴下を買い集めると、町外れで学生服を脱いで、マユミに遣る反物や菓子と一緒に持って帰り、取敢《あ》えず学生服を焼肥と一緒に焼棄て、兇器《きょうき》と襯衣を押入の奥に隠して置いた。そうして一家が寝鎮まった十二時頃を見計って杉戸の鍵を開けたが、想像の通り、機械イジリに慣れている一知に取って、旧式の鍵を外すくらいは何でもない事であった。それから暫《しばら》く奥座敷の寝息を窺《うかが》って、誰も目醒《めざ》めない様子を見澄してから、丸裸となって新しいメリヤスの襯衣に着かえ、軍隊手袋と靴下とを穿《うが》って、サテ藁切庖丁を取出してみると、新しい柄ですこしグラつくようである。そこで草川巡査が察したように、勝手口から外に出て、山梔子《くちなし》の陰の砥《と》石《いし》に柄を打ちつけて抜けないようにすると、何度も何度も両手で振ってみて練習をしたが、中学時代に撃剣を遣っていたお蔭《かげ》であったろう、スブリをかけているうちに、さしもの重たい藁切庖丁がさまで重たく感じないようになった。

それから大胆にも奥座敷の電燈《でんとう》を灯《つ》けて一気に兇行《きょうこう》を遂げ、血にまみれた兇器と襯衣や何かを一纏《まと》めにして、かねてから空隙《すきま》を作って置いた堆肥《たいひ》の下に鍬《くわ》の柄で深々と突込み、アトをわからないように崩し塞《ふさ》ぎ、付近の小川で顔や頭や手足を洗い清め、そのまま寝巻を着て寝床に潜り込んだが、又気がついて起き上り、敷石の上を這《は》いながら、顔を洗った小川の縁に来て、何か痕跡《こんせき》が残っていないかと星明りに透かしてみたが、その時の方が余程恐ろしくて、寝床へ入ってからもスッカリ眼が冴《さ》えてしまった。

そんな事で神経が相当疲れていたのであろう。翌る朝、草川巡査に報告に行った時には、まさかこんな田舎の駐在所にいる屁《へ》ッポコ巡査に看破《みやぶ》られるような心配はあるまい。又、町からドンナ名探偵が来ても、深良屋敷の恐ろしい秘密と、そこから起った自分の犯行の動機ばかりは、自分が口を割らない限り誰にも気づかれる筈《はず》はないとタカを括《くく》って、安心し切っていたものであったが、その草川巡査が、思いもかけない方向に自分を連れて行こうとしたので、何と言う事なしにドキンとさせられてしまった。思わず大きな声をかけたものであったが、あの時に自分でも不思議なくらいビックリしたお蔭で、自分の神経がドウカなってしまったものらしい。その草川巡査の取調べが全然予想と違った順序で、極めて注意深く事件の核心に突込んで来るらしい事に気がつくと、もう恐ろしくて恐ろしくてたまらなくなって、飯を喰ってもナカナカ気持が落着かなかった。勝手口の引戸を調べられた時からしてモウ答弁がシドロモドロになって来たので、九分九厘まで運命と諦《あきら》めてしまったものであった。中の間の杉戸の鍵に注意を向けられたり、老母の枕元の財布の位置まで観察されたりした時には、正直の処もうイケナイと思った。取調の途中で何も知らない筈のマユミが無意味にケラケラと笑った時などは、よく気絶しなかったと思うくらい真剣になってアトからアトから湧き起って来る胴震いを我慢していたもので、あの時ぐらい怖しかった事は一生通じて一度もなかった。だから、それから後はただドコまでも運命と闘って見る気で、マユミとの生活を楽しむよりほかに何も考えないようにして来た。マユミと一緒に撮った写真も、だから万一の場合のお名残の気持で撮ったものに過ぎなかった。

だからこの世に思い残す事はモウ一つもない……云々《うんぬん》と……。

一方に草川巡査も静かに考えてみると、一知に疑いをかけるようになった気持のソモソモは、事件の起った朝、駐在所を出て何の気もなく裏山伝いに行こうとした時の一知の驚きの声であったように思われる。あの不自然な、必要以上の不安を暗示した音調の中に、犯人としての自己意識がニジミ出していたのが無意識の中に頭の中にコビリついていたのであろう。

それから深良屋敷に来た時に、あの砥石に気がつくと、忽《たちま》ち犯人の目星がピッタリとついたような気がした。この事件の真相がドンナに複雑深刻を極めたものであろうとも、その一切の秘密を解く鍵は、この砥石一つで沢山だ……と言う確信を得たように思った。

一知はそれから後タッタ一度裁判にかけられた後に、未決監で首を縊《くく》って自殺してしまった。その結果深良家の財産は乙束区長が保管する事になったが、それでも、すこし良くなりかけた区長の病気が、一知の死後にブリ返して来て、泣きの涙のまま永病いの床に就いてしまった。

住み手のなくなった深良屋敷は、それから間もない晩秋の大風で倒れてしまった。村の人々は……お蔭で青空が広くなったようだ……と言って胸を撫《な》で卸《おろ》している。

マユミは区長の家で女中代りに働いているが、別段悲しそうな顔もしていないという。

草川巡査は間もなく部長に昇進して、県警察部勤務を命ぜられる事になったが、同巡査はその前に辞職して故郷の山寺に帰ってしまった。惜し気もなく頭を丸めて父の僧職を嗣《つ》ぎ、村の公共事業なぞの世話を焼き始めた。

「あの時の辛《つら》かった事を思うと今でもゾッとして夢のような気持になる。理屈ではトテモ説明出来ないが、自分はあの時以来、世の中が何となく厭《いや》になった。ドウセ罪亡ぼしに坊主になる運命であったのだろう。如何《いか》に憎むべき罪人とは言え、あの若い、美しい夫婦の幸福の絶頂と、あの正直一遍の区長の苦しみのドン底とを束にして、一ペンにタタキ潰《つぶ》した事を思うと、とてもタマラない気持になる。この気持は人間世界の理屈では清算出来るものでない。だから鶴木検事も同情して、私の辞職を許して下すったのだ」

とよく人に語っている。

超人鬚野博士

吾輩のこと

……何だ……吾輩の身上《みのうえ》話を速記にして雑誌に掲載するから話せ……と云うのか。フウム。それは話さん事もないが、しかし、選《よ》りに選って又、吾輩みたいなルンペン紳士……乞食《こじき》と泥棒の間《あい》の子みたいな奴の話を、雑誌に公表する必要がドコにあるのかね。吾輩以上に立派な地位あり、名誉ある人間が、天の星の如く、地の砂の如く天下に充満しているではないか。そんな奴とは正反対に、どこにでも寝る、何でも着る、何でも喰《く》う、地位とか、家柄とか、人格とかいうものが一つも無い点に於《お》いて天下広しと雖《いえど》も、吾輩ぐらい不名誉な人間は無いだろう。そんな薄見《うすみ》っともない人間の話が問題になるのかね一体……エエ……何だと……？

しかし吾輩はソンナにも有名なのかノー……。

フーム。有名にも何にも「鬚野《ひげの》博士」の名前を知らない者は日本中にタダの一人も居ない。吾輩が日本に存在しているために英国も、米国も、露西亜《ロシア》も、日本に挑戦し得ないでいる。吾輩が日露《にちろ》戦争以後に吾輩がドンナ科学的の発明を日本の軍部に提供して、ドンナ新鋭の武器を内々で取揃えさしているか判明《わか》らないから……成る程のう……それは事実だ。毛唐《けとう》の奴等もよく知っとるのう。日露戦争の時にヨッポド懲りたと見えてアラユル密偵《スパイ》を使って吾輩の身辺《みのまわり》を探らせているらしいてや。事によると現在、海軍で作りよる一人乗、魚形水雷《ぎょけいすいらい》ボートが吾輩の発明である事を探り出しとるかも知れんのう。ナアニ、饒舌《しゃべ》っても大丈夫だよ。毛唐が真似して作っても乗る奴が一匹も居る気遣いがないし、防禦《ぼうぎょ》の方法が全く無いんだからね。時速百二十節《ノット》、航続距離二万海里《かいり》と云ったら大抵わかるだろう。その動力が問題なんだからね。その動力が将来の日本軍のタンク、飛行機に十倍以上の能率を上げさせるんだから恐ろしいだろう。日本国民たるもの枕を高うして可なりだ。つまり吾輩の人格が、全人類を押え付けている……吾輩が、こうしてボロマントを着て、ハキダメから拾った片チンバの護謨《ごむ》靴を引きずって、往来をウロウロしている限り世界の外交界はこの「鬚野《ひげの》房吉《ふさきち》博士」の存在を無視する訳に行かんと考えている……吾輩を目して新興日本のマスコット……松岡全権以上の偉人として恐れ戦《おのの》いていると云うのか……。

アッハッハッハッ……宜しい。大いに宜しい。気に入ったぞ。それでは一つ吾輩の正体を明らかにして全世界三十億の蛆虫《うじむし》共をパンクさせてくれるかな。とにかく向うの草原《くさばら》へ行こう。あの大きな土管の中で話そう。イヤイヤ。原稿料なんか一文も要らん。上等の日本酒と海苔《のり》と醤油《しょうゆ》があれば宜しい。鮠《はや》の生乾《なまび》が好きなんだが、コイツはちょっと無かろうて……。

感化院脱出

世間の奴はよく吾輩をキチガイキチガイというが、その位のことはチャンと考えているんだよ。吾輩の過去といったって極めて簡単だ。両親の名前や顔は勿論《もちろん》のことそんなものが居たか居なかったかすら知らないんだから多分、精神的にも物質的にも生れながらのルンペンなんだろう。孫悟空《そんごくう》と同じに華果山《カカサン》の金の卵から生れた事だけは確実……だろうと思うんだが……アハハ洒落《しゃれ》じゃないよ。

それから十四の年にO市の感化院を脱出《ぬけだ》して無一文で女郎買いに行った。ドッチも喜ぶ話だから多分、無料《ただ》だろうと思って行ったのが一生のアヤマリ。女郎屋の敷居を跨《また》がないうちに吾輩の帯際を捉《つか》まえて、グイグイと引っぱり戻した奴が居る。鯉のアタリよりもチット大きいなと思って振返ってみると、タッタ今表口に立って……イラッシャイイラッシャイをやっていた豚みたいな男だ。感化院を出がけに兄貴分から注意されて来た牛太郎《ぎゅうたろう》という女郎屋の改札掛《がかり》はコイツらしい。聞いた通りに派手なダンダラの角帯《かくおび》を締めていやがる。

「オイ、兄さん。銭を持っているかね」

と云ううちにその改札屋が吾輩の襟番号をジイッと見やがった時にはギョッとしたね。アンマリ気が急《せ》いていたもんだからウッカリして引剝《は》ぐのを忘れていたもんだが、見破られたと思ったから吾輩はイキナリ焼糞《やけくそ》になってしまった。

「馬鹿。銭があったら嬶《かかあ》を持つワイ。感化院の房公《ふさこう》を知らんケエ」

とタンカを切ってやったら牛太の奴吾輩の襟首を掴《つか》んでギューギューと小突きまわした。序《ついで》に拳固《げんこ》を固めて吾輩の横面を一つ鼻血の出る程喰《く》らわしたから、トタンに堪忍袋の緒が切れてしまった。さもなくとも燃え上るようなホルモンの遣《や》り場に困っている吾輩だ。襟首を掴んでいる牛太郎の手の甲をモリモリと噛《か》み千切りざま、持って生まれた怪力でもって二十貫ぐらいある豚野郎を入口の塩盛の上にタタキ付けた。それから失恋のムシャクシャ晴しに、駈付けて来た二三人の人相の悪い奴を向うに廻わして、下駄《げた》を振上げているところへ、通りかかった角力取《すもう》の木乃伊《ミイラ》みたいな大きな親爺《おやじ》が仲に這入《はい》って止めた。止めたといってもその親爺が無言のまま、片手に吾輩の襟首を掴んで、喧嘩《けんか》の中から牛蒡《ごぼう》抜きに宙に吊《つ》るしたまま下駄を穿かしてくれたので万事解決さ。相手のゴロツキ連中もこの親爺の顔を知っていたと見えて、猫みたいにブラ下がっている吾輩に向ってペコペコお辞儀していたが、可笑《おか》しかったよ。

それからその親爺に連れられて、そこいらの河ッ縁《ぷち》の綺麗《きれい》な座敷に通されてみるとイヨイヨ驚いたね。その親爺が坐《すわ》っていても吾輩の立っている高さぐらいあるんだ。どこで胴体が継足《つぎた》してあるんだろうと思って荒っぽい縞《しま》のドテラを何度も何度も見上げ見下した位だ。おまけにツルツル禿《はげ》の骸骨《がいこつ》みたいに凹《へこ》んだ眼の穴の間から舶来のブローニングに似た真赤な鼻がニューと突出ている。左右の膝《ひざ》に置いた手が分捕《ぶんどり》スコップ位ある上に、木乃伊《ミイラ》色の骨だらけの全身を赤い桜の花と、平家蟹《へいけがに》の刺青《ほりもの》で埋めているからトテモ壮観だ。向い合っているうちに無料《ただ》でコンナ物を見ちゃ済まないような気がして来た。

そこで吾輩は生れて初めて鰻《うなぎ》の蒲焼《かばやき》なるものを御馳走《ごちそう》になったが、その美味《うま》かったこと。モウ吾輩は一生涯、この親分の乾児《こぶん》になってもいいとその場で思い込んでしまったくらい感激しちゃったね。

それからポッポッ様子を聞いてみると、その木乃伊《ミイラ》親爺の商売は見世物師なんだそうだ。成程と子供心に感心仕《つかまつ》ったね。

「ヘエ。オジサンが見世物になるのけエ」

と訊《き》いてやったら、義歯《いれば》を抓《つま》んでいた親爺が眼を細くしてニコニコした。ピストルの頭を分捕スコップで撫《な》でまわしながら吾輩に盃《さかずき》を差した。

「……マアマア。そんげなトコロじゃ。どうじゃい小僧。ワシは軽業《かるわざ》の親分じゃが、ワシの相手になって軽業がやれるケエ」

「軽業でも、手品でも、カッポレでも都踊りでも何でもやるよ。しかしオジサン。力ずくでワテエに勝てるけえ」

「アハハハ。小癪《こしゃく》なヤマカン吐《つ》きおるな。木乃伊《ミイラ》の鉄五郎を知らんかえ」

「知らんがな。どこの人かいな」

「この俺の事じゃがな」

「ああ。オジサンの事かい」

「ソレ見い。知っとるじゃろ。なあ」

「知らんてや。他人のような気もせんケンド……ワテエは強いで。砂俵の一俵ぐらい口で啣《くわ》えて行くで……」

「ホオー。大きな事を云うな。その味噌《みそ》ッ歯で二十貫もある品物が持てるものかえ」

「嘘やないで。その上に両手に一俵ずつ持ってんのやで……」

「プッ……小僧……酒に酔うてケツカルな」

「ワテエ。酒に酔うた事ないてや」

「そんならこの腕に喰《くい》付いてみんかい」

木乃伊《ミイラ》の爺《じい》さん一杯機嫌らしく、片肌を脱いで二の腕を曲げて見せると、真四角い木賃宿の木枕みたいな力瘤《ちからこぶ》が出来た。指で触ってみると鉄と同じ位に固い。

「啖《くい》付《つ》いても大事ないかえ」

「歯が立ったなら鰻を今《も》一パイ喰わせる……アイタタ……待て……待てチウタラ……」

廊下を通りかかった女中が吃驚《びっくり》したらしく襖《ふすま》を開けたが、木乃伊《ミイラ》親爺の二の腕に付いてる濡《ぬ》れた歯型を見ると、呆気《あっけ》に取られたまま突立っていた。

親爺は急いで肌を入れた上から二の腕を擦《さす》った。吾輩に喰付かれたが、嬉《うれ》しいらしく女中を振返ってニコニコと笑った。

「……鰻を、ま一丁持って来い。それからお燗《かん》も、ま一本……恐ろしい歯を持っとるのう。ええそれから……そこで給金の註文《ちゅうもん》は無いかや……」

「無いよオジサン。毎日鰻を喰べて、女郎買いに行かしてもらいたいだけや」

木乃伊《ミイラ》親爺は口をアングリ開《あ》いたまま、眼をショボショボさせていたが、それで話がきまったらしかった。

少年力持

それから後《のち》、三四年ばかりの間、吾輩《わが》は毎日毎日、お祭りの見物の中で、生命《いのち》がけの芸当をやった。金ピカの猿股《さるまた》一つになった木乃伊《ミイラ》親爺の相手になって、禿頭《はげあたま》の上に逆立ちしたり、両足を捉まえて竹片《たけぎれ》みたいにキリキリと天井へ投げ上げられたり、バスケットボールみたいに丸くなって手玉に取られたりするのであったがトテモ面白かった。吾輩みたいな身体を不死身と云うのだろう。イクラ遣り損なって怪我をしても痛くもなければ血も出ない上に、すぐに治癒《なお》る。見物の眼に決して止まらないから便利だ。しまいには木乃伊《ミイラ》親爺がヤケになったらしく、吾輩を摑まえて死ねかしの猛烈な芸当をやらせ続けたが、どうしても死なないので驚いているらしかった。

それればかりじゃない。吾輩は別にタッタ一人で時間つなぎに少年力持をやった。自動車に轢《ひ》かれたり、牛の角を捉まえて押しくらをしたり、石ころを嚙み割ったり、鉽力《ぶりき》を引裂《そ》いたりする片手間に、振袖《ふりそで》を着た小娘に化けて……笑っちゃいけない、これでも鬚《ひげ》を剃ると惚《ほ》れ惚《ぼ》れするような優男だぞ……手品の手伝いみたいなものを遣っているうちに、困った事が出来た。

……というのはホカでもない。前にも云った通り、コツコツの木乃伊《ミイラ》親爺と、その頃まではまだ紅顔の美少年だった吾輩が組んで、大車輪で演出する死物狂いの冒険軽業が、吾輩の第一の当り芸であると同時に、この一座の第一の呼物であったんだが、その芸当の最中の話だ。毎日毎日一度宛《ずつ》、芸当の小手調べとして親爺と揃いの金ピカの猿股を穿《は》いた丸裸体《まるはだか》の吾輩が、オヤジの禿頭の上に逆立ちをする事になっていたんだが、そいつを毎日毎日繰返しているうちに、そのオヤジの禿頭のテッペンにタッタ一本黒い、太い毛がピインと生えているのに気が付いたもんだ。

世の中というものは妙なものだね。その黒い毛の一本が、木乃伊《ミイラ》親爺の生命《いのち》の綱で、この一座の運命の神様だった事を、その時まで夢にも気付かなかった吾輩は、その毛を見るたんびに気になって気になって仕様がないようになった。第一いつ見ても真直にピインと垂直に立っているのが不思議で仕様がない。伸びもしなければ縮みもしない。波打ちも、倒おれも、折れも曲りもしないのだから癪《しゃく》に障る。第二に、ほかの処に生えている毛はミンナ真白いのに、この毛一本だけが黒いのだから怪《け》しからん。まるで外国の廻わし者みたいな感じだ。最後に気に入らないのは、その毛の尖端《さき》が、ちょうど避雷針みたいに、吾輩の鼻の頭と真向いになっている事で、逆立ちをするたんびにその毛を見ると、鼻の頭が思わずズーンと電気に感じて来る。何だってこのオヤジはコンナ気まぐれな毛をタッタ一本、脳天の絶頂にオッ立てているのだろうと思うと、寝ても醒《さ》めても苦になって、イライラして仕様がなくなった。しまいには毎日一度宛《ずつ》その禿頭の上で逆立ちするのが死ぬ程イヤになって来た。

そこで吾輩はトウトウ決心をして或《あ》る日の事、幕前の時間を見計らって木乃伊《ミイラ》親爺に談判してみた。

「親方。ほかの芸当なら何でも我慢するが、アノ親方のアタマの上の逆立ちだけは勘弁してくれんかい」

親方は面喰《めんく》らったらしかった。赤い鼻をチョット抓んで眼を丸くした。

「何で、そんげな事を云い出したんかい」

吾輩は頭を掻《か》いた。マサカにタッタ一本の毛が恐ろしく、逆立ちが出来ないとは云えないからスッカリ赤面してしまった。

「何でチウ事もあらへんけんど……アレ位のこと……アンマリ見易うて見物に受けよらんけに、止めとうなったんや」

「馬鹿奴《ばかめ》え。何を吐《こ》きくさる。ワレのような小僧に何がわかるか。あの逆立ちは芸当の小手調べチウて、芝居で云うたらアヤツリ三番叟《さんばそう》や。軽業の礼式みたようなもんやけに、ほかの芸当は止めてもアレだけは止める事はならん。それともこの禿頭が気に入らん云うのか」

と云ううちにオヤジは渋臭い禿頭を吾輩の鼻の先に突付けて平手でツルリと撫でて見せた。それにつれて頭の上の黒い毛がピインと跳ね返って吾輩の鼻の頭に尖端を向けた。

トタンに吾輩の全身がズウーンとして、お尻《しり》の割れ目がゾクゾクと鳥肌だって来た。

吾輩は、思わずその禿頭を平手で押除《おしの》けた……と思ったが、気が付いた時には、楽屋の荒板の上に横たおしにタタキ付けられていた。アトから考えると親方の虫の居処がその日に限って日本一悪かったらしいね。

それから間もなく二人は、満場の喝采《かっさい》を浴びて見物の前に跳り出た。むろんその時はタッタ今の経緯《いきさつ》も何も忘れて、僅《わず》かの時間、親方の頭の上で辛抱する気になっていたもんだが、その中《うち》に例の通り、禿頭の上で逆立ちをしてみると……妙だったね。

その時の気持ばっかりは今から考えてもわからないんだが、アレが魔が差したとでもいうもんだろうかね。ツイ自分の鼻の先に突立っている毛の尖端《きき》を見ると、自分では毛頭ソンナ気じゃないのに、両手がジリジリと縮んで、赤茶色の禿頭肌《はげはだ》が吾輩の唇に接近して来た。そうして、やはり何の気もなく、その禿のマン中の黒い毛を糸切歯の間にシッカリと挟んでグイと引抜いたもんだ。

「ギャアッ……ヤラレタッ……」

と云う悲鳴がどこからか聞こえたように思ったが、全く夢うつつだったね。吾輩の小さな身体が禿頭の上から一間ばかり鞠《まり》のようにケシ飛んで、板張の上に転がっていた。ビックリして跳ね起きてみると、直ぐ眼の前のステージの上に、木乃伊《ミイラ》の親方がステキもない長大な大の字を描いて、眼を真白く剝《む》き出したまま伸びている。ゴロゴロと喘鳴《ぜんめい》を起していたところから考え合わせるとあの時がモウ断末魔らしかったんだがね。

　アトから聞いたところによると、親方の木乃伊《ミイラ》親爺《おやじ》は平生から吾輩を恐ろしい小僧だ恐ろしい小僧だと云っていたそうだ。感化院から出て来たばかりの怪物だから何をするか、わからない奴だ。気に入らないと俺の咽喉笛《のどぶえ》でも何でも喰《く》い切りかねないので、毎日毎日俺に手向い出来ない事を知らせるつもりで、思い切りタタキ散らしてやるんだが、実は恐ろしくて恐ろしくて仕様がないから、ああするんだ……と云っていたそうだが、してみると吾輩が毛の根をチクリとさせたのを親方は、吾輩が例の手で禿頭のマン中へカブリ付いたものと思ったらしいね。その後の医師の診断によると、老人の過労から来る、急激な神経性の心臓痲痺というのだったそうだが、実に意外千万だったね。そんな馬鹿な事がといったって、木乃伊《ミイラ》の親方は、総立ちの見物人と、楽屋総出の介抱と、吾輩の泣きの涙の中《うち》に、ホコリダラケの板張りの上で息を引取ったのだから仕方がない。ところで問題は、それからなんだ。楽屋に運び込まれた親方の死骸《しがい》に取付いてオイオイ泣いているうちに、片っ方で仲間を集めてボソボソ評議していた拳固《げんこ》の梅という奴が、いつの間にか立上って来て、何も知らない吾輩の横っ面をガアンと一つ喰らわしたもんだ。

　このゲンコの梅という奴は、ずっと前に大人の力持をやって相当人気を博していたもんだが、アトから来た少年力持の吾輩に人気を渫《さら》われてスッカリ腐り込んでいた奴だ。むろん糞力《くそぢから》がある上に、拳固で下駄《げた》の歯をタタキ割るという奴だったから痛かったにも何にも、眼の玉が飛び出たかと思った位だった。だから、いつもの吾輩だったら文句無しに摑《つか》みかかるところだったが、親方の死骸を見て気が弱っていたせいだったろう、起上る力も無いまま茣蓙《ござ》の上に半身を起して、仁王立ちになっている梅公のスゴイ顔を見上げた。見ると吾輩の周囲には、梅をお先棒にした座員の一同が犇々《ひしひし》と立ちかかっている様子だ。これは前に一度見た事の在るこの一座のマワシといって一種の私刑《リンチ》だね。それにかける準備だとわかったから、吾輩はガバと跳ね起きて片頰を押えたまま身構えた。

「……ナ……何をするのけえ」

「何をするとは何デエ。手前《てめえ》が親方を殺しやがったんだろう」

「親方の頭のテッペンから血がニジンでいるぞ」

「あしこから小さな毒針を舌の先で刺しやがったんだろう。最前殴《は》り倒おされた怨《うら》みに……」

「ソ……そんな事ねえ……」

「嘘吐《こ》け。俺あ見てたんだぞ……」

吾輩は実をいうとこの時に内心頗《すこぶ》る狼狽《ろうばい》したね。タッタ今歯で引抜いた黒い毛は、どこかへ吐き出すか嚥込《のみこ》むかしてしまっている。よしんば歯の間に残っていたにしたところが、アンナ黒い毛がタッタ一本、親方の禿頭の中央《まんなか》に生えている事実を知っていたものは、事によると吾輩一人かも知れないのだから、トテモ証拠になりそうにない。のみならずコンナ荒っぽい連中は一旦《いったん》そうだと思い込んだら山のように証拠が出て来たって金輪際、承知する気づかいは無いのだから、吾輩はスッカリ諦らめてしまった。コンナ連中を片端《かたつぱし》からタタキたおして、逃げ出すくらいの事は何でもないとも思ったが、親方の死骸を見ると妙に勇気が挫《くじ》けてしまった。

「……ヨシ……文句云わん。タタキ殺してくんな。……その代り親方と一所に埋めてくんな」

「……ウム。そんなら慥《たし》かに貴様が親方を殺したんだな」

「インニャ。殺したオボエは無い」

「この野郎。まだ強情張るか……」

と云ううちに、青竹が吾輩《わが》の横っ腹へピシリと巻付いた。

「警察へ渡す前に親方のカタキを取るんだ。覚悟しろ……」

「何をッ」

と吾輩は立上った。親方のカタキという一言が吾輩を極度に昂奮《こうふん》させたのだった。鞭《むち》だの青竹だの丸太ん棒だの、太い綱だのが雨霰《あめあられ》と降りかかって来る下を潜った吾輩はイキナリ親方の死骸を抱え上げて、頭の上に差上げた。

「サア来い」

これには一同面喰《めんくら》ったらしい。獲物が無いと思ってタカを括《くく》っていた吾輩が、前代未聞のスゴイ武器を振り翳《かざ》したのだからね。一同が思わずワアと声を揚げて後《あと》へ退《さが》った隙に吾輩は、そこに積上げて在るトランクを小楯《こだて》に取って身構えた。ドイツコイツの嫌いは無い。一番最初にかかって来た奴を親方の禿頭《はげあたま》でタタキ倒おしてやろうと思っているところへ、思いがけない仲裁が現われた。

未亡人に救われて

それはこの頃、毎日のように正面の特別席の中央に陣取って、座員全部の眼に付いていたお客で、あれは西洋人だろうか、日本人だろうか……お嬢さんだろうか、それとも奥さんだろうかと問題のタネになっていたシロモノであったが、近付いて来たのを見ると、何というスタイルの洋装か知らないが、その頃では眼を驚かすハイカラであったろう。真赤な血のような色をした下着に、薄い、真黒い上服《うわふく》をピッタリと着込んで、丸い乳と卵型《たまごなり》のお尻をタマラナイ流線型にパチパチと膨らましている。それが白い羽根付きの黒いお釜帽《かまぼう》からカールをハミ出させて、白靴下のハイヒールの上にスラリと反《そ》り返って、縁《ふち》無しの鼻眼鏡をかけたところは、ハンカチの箱から脱出《ぬけだ》して来たような日本美人だ。年は二十ぐらいに見えたが、実は二十五か六ぐらいだったろう。見物席からイキナリ駈上《かけあが》って来たらしく頬を真赤にしてセイセイ息を切らしていたが、吾輩が振翳《ふりかざ》している死骸なんかには眼もくれずに、ハンドバッグの中から分厚い札束を掴み出すと、みんなの鼻の先へビラビラさせて見せまわしながら、ニッコリと笑った。銀鈴のような嬌《なま》めかしい声を出したもんだ。

「……サア……皆さん。この坊ちゃんを妾《わたし》に売って頂戴《ちょうだい》。千円上げます。ちょうど今日中の上り高ぐらいあるでしょ。親方へ上げる妾の香奠《こうでん》よ。ね……いいでしょ……いけないの……。いいわ。どうしてもこの坊ちゃんを殺すと云うんなら、妾にも覚悟があるわ。御覧なさい。この小ちゃな七連発のオモチャに物を云わせますから……妾はこの坊ちゃんに惚《ほ》れてるんですからね。そのつもりで話をきめて頂戴……サアサア。警察《サツ》が来ると話が元も子も無くなるわよ。サアサア。早いとこ早いとこ。オホホホホホ」

みんなこの別嬪《べっぴん》さんに呑《の》まれてしまったらしい。イツの間にかメイメイに持っていた獲物を取落していた。吾輩もソロッと親方の死骸を下して額《つき》の汗を拭《ふ》いていた。

こうなると話は早い。廿分と経たないうちに、金モール付赤ビロードの舞台服を着た吾輩は、今の別嬪さんと一緒に、その頃まで絶対に珍らしかった自動車に同乗して、どこか郊外の山道らしい処をグングンと走っていた。つまり吾輩はこの、日野亜黎子《ひのありこ》という金持の未亡人に買取られて、郊外の別荘に匿《かく》まわれて、その未亡人のハンドバッグボーイにまで出世したもんだ。禿頭のオモチャから一躍、別嬪のオモチャにまで出世した訳だね。

イヤ、出世だよ。たしかに出世だよ。堕落じゃないよ。第一昨日までは毎日何度となくタタキ店の瀬戸物みたいに荒板の上にタタキ付けられていた奴が、今日は正反対に真綿ずくめの椅子やクションの上でフワフワフワフワと下にも置かず歓待される訳だからね。人生は京の夢、大阪の夢だ。電光朝露応作如是観《でんこうちょうろおうさにょぜかん》だ。まあ聞け……そんな経緯《わけ》で吾輩は、その未亡人の手に付くと、お母さんだか妹だか訳のわからないステキな幸福に恵まれながら学問を教わった。吾輩を立派な青年紳士に仕立てて見せるという未亡人の意気込みでね……何でもその日野亜黎子夫人の旦那《だんな》様だった男は、日野有三九《ゆうさく》という名前でチャチな探偵小説を書いて、巨万の富を積んだあげく、妻君の精力絶倫に白旗を揚げたような……そうして揚げたくないような神経衰弱の夢みたいなエタイのわからない遺書を書いてアダリン自殺を遂げた。自分が探偵小説になっちゃったというダラシのない男だったそうだが、そのお庭の片隅に立っている図書館の中には美事な寝室を作って、あらゆる科学書類、百科辞典、歴史、法律書、小説の類が山積していた奴を、吾輩は未亡人との恋愛遊戯の片手間に一字一句残らず暗記してしまったものだ。アベコベに未亡人を手玉に取ってやったワケだね。嘘だというなら大英百科全書《エンサイクロペジヤ・ブリタニカ》のドノ巻のドノ頁の第何行目に、何が書いてあるか質問してみろ。即答して見せるから……。ソレ見ろ……。

そこで世界の大勢に通じた吾輩は科学なるものに非常な興味を感じたね。早速亜黎子未亡人に甘たれてその図書館の中に立派な実験室を作ってもらった。その実験室で吾輩は超越智《チョウエッチエ》という毛唐人が発見した脂肪の分解剤を逆に分解して、有効成分だけを取出し、そいつを応用して動植物の脂肪や油をドン底まで分析し、ダイナマイトに数十層倍する猛烈な液体火薬を作り出す事に成功した。

その時は嬉《うれ》しかったね。まるで世界を征服したような気持だった。あんまり嬉しかったもんだから吾輩はその爆薬の製法を極秘密の中《うち》に日野亜黎の名前で海軍省に投書した後《のち》に、その実際の効果を証明するために、その亜黎子未亡人と合意の上で爆薬情死を企ててやろうと考えたもんだ。むろんその時分には二人とも青春なんかドッカへ行っちゃって貧乏屑《くず》屋の股引《ももひき》みたいに、無意味に並んでいるだけの状態だったからね。吾輩の考えなんか知らない未亡人は、今の内閣と政党みたいに心中しましょうよ、しましょうよって毎日毎日うるさく吾輩に甘たれていたもんだから無論、異存は無かったろうよ。そこでその火薬の話を打ち明ける前に、取りあえず骨休めかたがた、吾輩は娑婆《しゃば》の見納めのつもりで或《ある》夕方のこと、下町のバアへ一杯飲みに行っているとその留守中に、その実験室が大爆発してしまったのには驚いたね。否《いや》。実験室どころじゃないんだ。二町四方もあるかと思っていた日野家の屋敷内に在る鉄筋混凝土《コンクリート》の家作と立木なんかが、地の下数千坪の土砂や、女中や、自動車や、未亡人と一緒に大空に吹上げられてしまった……らしいんだ。その時分には酒場でグデングデンになって狸の睾丸《きんたま》の夢か何か見ていたもんだから吾輩は全く知らなかったんだ。

むろん新聞に出ているよ。君等が生れない前の初号三段抜きだから、今で云ったら号外ものだろう。……亜黎子未亡人の前の夫、日野有三九という男は生前に非道《ひど》い神経衰弱にかかっていた者だが、自分の死後、精力絶倫の亜黎子夫人が必ず不倫の行跡に陥るべきを予想し、嫉妬《しっと》の念に堪えず、これに対する深刻な復讐《ふくしゅう》の準備を整えていた。すなわち自分の建てた図書館内の豪華を極めた寝室に、自分の死後三年目の或《あ》る夜半に相違なく発火するように工夫した精巧な時計仕掛の爆薬を装置していたものであるが、そのような事実を夢にも知らなかった淫婦の亜黎子は、亡夫の予想通りに有名なる曲芸師の不良少年をその室《へや》に引っぱり込み不義の快楽に耽《ふけ》っていた結果、まんまと首尾よく亡夫の詭計《きけい》に引っかかったのが、この大爆発の真相に相違ないのである。敏腕を以《もっ》て聞こえた当局も、流石に斯様《かよう》な超特急の椿事に遭遇しては呆然《ぼうぜん》として手の下しようもなく……云々《うんぬん》……といったような事を筆を揃えて書立てていたが、流石の吾輩もこの記事を見た時には文字通り呆然、啞然《あぜん》としてしまったね。日本の新聞記者が、これ程までに素晴らしい創作家だとはこの時まで気が付かなかったからね。

……ナアニ……あの実験室に立入る人間は亜黎子未亡人だけだからね。多分、彼女が吾輩の留守中に眼を醒《さ》まして、吾輩が作り溜《た》めていた液体火薬に手を触れるかドウかしたんだろう。アルコールに溶いた甘ったるい、赤黄色い火薬を、ベルモットの瓶に詰めて、塩と氷に詰めて冷蔵しておいたんだから、事によると酒と間違えて未亡人が喇叭《ラッパ》を吹いたのかも知れない。そいつが腹の中の体温で発火してアレヨアレヨと驚くトタンに、三町四方の霊魂がフッ飛んだんだから思い残す事は無いだろう。もちろん吾輩もアンナに猛烈な炸裂《さくれつ》力を持っていようとは思わなかった。分量が二倍の時には四倍の熱……四倍の時には二百五十六倍の高熱を発する事だけは知っていたがね。アトでその爆発の遺《あ》跡《と》をコッソリと見に行った時には文字通り「人間万事夢だ」と思ったね。直径二三町、深さ二十間ぐらいの擂鉢形《すりばちがた》の穴が残っていただけだからね。それ以来何もかも夢だという事をハッキリ自覚した……女ばかりじゃない。人間万事が何一つ当てにならない事を自覚した吾輩は、越中褌《えっちゅうふんどし》の紐《ひも》が切れたみたいな人間になってしまった。する事為《な》す事が、一つも手に附かない。面白くも可笑《おか》しくもないが、そうかといって死にたくも生きたくもないといったようなアンバイでブラリブラリやっている中《うち》に、イツの間にか現在の職業に転落して来ると又、世の中がチットずつ面白くなって来た。

何しろ世間の人間が殆《ほと》んど気附かないでいて、ステキに儲《もう》かる商売だからね。又気付いたにしたところが、滅多に手を出せる商売でもないんだがね。イイヤ。詐欺でも泥棒でも、乞食《こじき》でも何でもない。そんな間《ま》だるっこいヘゲタレ商売とはタチが違うんだ。詐欺と泥棒と乞食の上を行く商売だ。毎日毎日往来を歩きながら、オール日本人の生命《いのち》の綱を握っていようという、警察でも大学でも吾輩の前には頭が上らない上に、毎日美味《うま》い酒が飲めようというんだから大した商売だろう。

……そんなドエライ商売がどこに在るかって……ここに在るんだ。この破れマントのポケットの中に在るんだ。今見せてやろう。ホラこの通りだ。

博士製造業

何を隠そう。吾輩《わが》の職業というのは医学博士を製造するのが専門だ。笑っちゃイカン。世の中に何が気楽だといったって医学博士を製造する位ワケのない仕事は無いんだ。一人前の掏摸《すり》やテキ屋を作るよりもヨッポド容易《やさ》しい仕事なんだ。

先《ま》ず博士の卵を探し出すんだ。博士の卵なんて滅多に居ないようだが、気を付けてみると虱《しらみ》の卵と同様、そこいらにイクラでも居るんだ。天下の青年、悉《ことごとく》博士の卵ならざるなしと云っていい位なんだ。

その中でも理窟《りくつ》の強い奴の方が見込がある。何でも理窟の世の中だからね。「親は何《なに》故《ゆえ》に吾々《われわれ》を生みたるや」ナンテいう余計な事を、一生懸命に考え詰めて、何でもカンでも理窟に合わせて終《しま》わないと鳥目だの、近眼《ちかめ》だの、神経衰弱になる位、熱心な奴ならイヨイヨ上等だ。

その結果「親は面白半分に吾々を作りし者也」と解決を付けた奴は取敢《あ》えずアメリカあたりの文学博士になる奴で、「故に吾々は親に対して責任無し」と結論する奴はソビエット直輸入の赤い法学博士の卵だろう。「1×1＝1」なるが如しと論ずる奴は多分の独逸《ドイツ》工学博士を含んだ卵で、「親は自分の老後を養わせむために吾々を生みし者也」と解釈する奴は仏蘭西《フランス》経済学博士の輸入卵と思えばいい。「その理由を発見する能《あた》わず」と叫ぶ奴はソックリそのままイギリスの哲学博士で、従って「結婚の生理的結果也」と感付いた奴が、最有力な日本の医学博士の雛《ひよ》ッ子になる訳だ。

そんな奴に「人間に喰《くい》付かれた犬は如何《いか》なる病気を感染するか」とか「猫の失恋ヒステリーの治療法如何《いかん》」とかいったような問題と一緒に、数十匹の犬や猫を宛てがっておくと大抵、半年、乃至《ないし》、三年ぐらいで解決して来る。「人間に喰付かれた犬は泥棒犬になる」とか「三味線に張って猫ジャ猫ジャを弾く」とかいう論文を提出して博士になる。ナアニ、吾輩が論文を書いてやるんじゃないよ。その研究用の犬や猫を提供するのが吾輩の本職なんだ。イヤ、笑いごとじゃないよ。そこいらの大学や医学校なんか吾輩が居なくなったら、忽《たちま》ち一切の研究が停止するんだから大したもんだろう。

その犬や猫をどこから仕入れて来るかって。アハハ。仕入れて来るといえば立派だが、実をいうと拾って来るんだ。往来の廃物を拾い集めて、博士製造の材料に提供する商売だから非常な国益だろう。むろん鑑札も免状も、税金も何も要らない。商売往来にも何も無い。天下御免の国益事業だ。

もちろんこの商売を公認させせるには相当の骨を折っている。この商売を初めてから間もなく、警察へ引っぱられて調べられた事がある。

「イクラ無鑑札の犬でも、持主の承諾を経ないで掻っ湊《さら》いをするのは怪《け》しからんじゃないか」

とか何とか、お説教じみた事を吐《ぬ》かしおったから吾輩、一杯景気で、逆襲を喰《く》わせてやった。

「利いた風な事を云うな。日本の警察はまだまだズッと大きな罪悪を見逃がしているんだぞ。彼《か》の活動写真屋を見ろ。あんな映画を一本作るために、映画会社が何人の男女優を絞め殺したり、八ツ切にしたりしているか知っているか。しかもその俳優たちは、みんな町から拾って来た良家の子女ばかりじゃないか。まして況《いわ》んや彼《か》の議会を見ろ。何百の議員の首を絞めたり、骨を抜いたり、缶詰にしたりして富国強兵の政策を決議させる。その議員というのは政党屋が、全国各地方から拾い上げて来た我利《がり》我利《がり》亡者ばかりじゃないか。吾輩が、町から拾って来た動物のクズを殺して、博士を作るくらいが何だ」

とか何とか煙《けむ》に巻いて帰って来たが、妙なものでソレ以来スッカリ警察と心安くなってしまったもんだ。

見たまえ。この通りマントの袖《そで》の内側全部が袋になっている。これは吾輩が自身にボロ布《ぎれ》を拾って来て縫付けたもので、このポケットは木綿の手織縞《じま》だ。こっちの大きいのは南洋更紗《さらさ》の風呂敷《ふろしき》で、こっちのは縮緬《ちりめん》だから二枚重ねて在る。これが吾輩独特のルンペン犬の移動アパートなんだ。

このアパート・マントを一着に及んで、これもこの通り天井に空気抜《ぬき》の付いた流行色の山高帽を冠《かむ》って、片チンバのゴム長靴を穿《は》いてブラリブラリと市中を横行していたら、いい加減時代後れの蘭法《らんぽう》医師ぐらいには見えるだろう。ナニ、モット恐ろしい人間に見える。

フーム。天幕《テント》を質に置いたカリガリ博士。書斎を持たないファウストか。アハハ。ナカナカ君は見立てが巧《うま》いな。吾輩を魔法使いと見たところが感心だ。

いかにも吾輩が犬を拾う時の腕前は、たしかに魔法だね。到る処の往来にチョコチョコしている仔犬だの、前脚に顎《あご》を乗っけて眠っている犬なぞを、通っている人間が気付かない中《うち》にサッと引摑《ひっつか》んで、電光石火の如くこのマントの内側の袋アパートへ摑み込むんだ。

知っているかも知れないが犬の首ッ玉を摑むには一つの秘伝があるんだ。これは熟練すると何でもないがね。犬の首ッ玉の耳の背後《うしろ》よりも少し下った処……八釜《やかま》しく云うと七個《ななつ》在る頸骨《けいこつ》の上から三つ目ぐらいの処をチョイト抓《つま》むと、ドンナ猛犬でも頭がジインとなって、この人にはトテモ敵《かな》わない。絶対服従といったような気分になるらしいね。眼を細くしてチョイと麻酔したような恰好《かっこう》で、気持よさそうに手足をダラリと垂れる。心安いブルドッグか何かを相手にして実験してみたまえ。殊に医学の実験用に使う犬だったら、そんなに大きな犬でなくて良《い》いのだから訳はないよ。そこを抓むと気持がいいと見えて、啼きもどうもしないからね。

ところでこのアパートへ這入《はい》ると別に看板をかけている訳ではないが、長い間の老舗《しにせ》の臭いがするらしく、犬の奴が安心すると見えてワンとも云わないでジッとしている。仔犬なんかだと、別れたお母さんの臭いでもするんだろう。クンクン啼出《なきだ》す事もあるが決して出て行こうとしないから安心だ。電車に乗っても発覚しない事が実験済みなんだから平気なもんだよ。

そんな訳で町から町をブラブラして手に入れた犬を大学や医学校へ持って行くと、博士の卵が待ちかねていて、一匹八十銭から二円五十銭ぐらいで買ってくれる。平均すると衛生学部が一番高価《たか》くて、生理や解剖が一番安いようだ。これは衛生学部だと狂犬病の実験に供して、高価《たか》い予防注射液を作る資本にするから、割に合うので、生理や解剖だと切積った研究費で博士になろうと思っている筍《たけのこ》連中が、単なる使い棄てに使うつもりだからだろう。勿論《もちろん》、学生上りだからといったって馬鹿には出来ない。相当、足元を見る奴が居るので油断が成らないが、非道《ひど》い奴になると吾輩を乞食扱いにして値切る奴が居る。

「オイ、鬚野《ひげの》先生。三十銭に負けとき給え、ドウセ無料《ただ》で拾って来たんだろう」

そんな奴には、よく犬コロをタタキ附けてやったもんだ。横面《よこつら》を引っ掻《か》かれたり、眼鏡を飛ばされたりして泣面《なきつら》になって謝罪《あやま》る奴も居た。

「篦棒《べらぼう》めえ。無代《ただ》で呉《く》れてやるから無代で博士になれ。その代り開業してから診察料を取ったら承知しねえぞ」

天狗猿教授

……どうしてソンナ奇抜な商売を思い付いたかって云うのか。ナアニ、吾輩が発明したんじゃない。向うから発明してくれたんだ。

前にも話した通り吾輩は、パトロンの有閑未亡人亜黎子《ありこ》さんの爆発昇天後、世の中が紐《ひも》の切れた越中褌《えっちゅうふんどし》みたいにズッコケてしまって何をするのもイヤになった。毎日毎日どこを当てどもなく町中をブラブラして、料理屋のハキダメを覗《のぞ》きまわったり、河岸縁《かしっぷち》の蟹《かに》と喧嘩《けんか》したり、子供の喧嘩を仲裁したり、溝《どぶ》に落ちたトラックを抱え上げてやったりしているうちに或《ある》日の事、大学校の構内へ迷い込んだ。吾輩これでも亜黎子未亡人のお蔭《かげ》で、世界有数の大学者になっているんだから、学問の臭いを嗅《か》ぐとなつかしい。どこかで学者らしい奴にめぐり会わないかなあ、会ったら一つ凹《へこ》ましてやりたいがなあ…

…なんかと考えながら来るともなく法医学部の裏手に来ると、紫陽花《あじさい》の鉢を置いた窓から吾輩を呼び止めた奴がある。

「オイ君君……君……ちょっと……」

見ると相当の老人だ。顔が天狗猿みたいに真赤で、頭の毛がテリヤみたいに銀色に光っている奴をマン中から房々と二つに別けている。太眉《ふとまゆ》が真黒で髯《ひげ》は無い。そいつが鼻眼鏡をかけて白い服を着て、紫陽花の横から半身を乗出したところは何となく妖怪《ようかい》じみている。処女見たいな眼を細くして金歯をキラキラ光らしているから一層、気味が悪い。一見して容易ならぬ学者だという事がわかる。

「……君……一つ頼みたい事があるんだが」

学者だけに常識が無いらしい。初対面の人間に物を頼むのに、窓越しに頼むという法は無い。吾輩《わがはい》も腕を組んだまま、振返って返事してやった。

「何の御用ですか」

天狗猿がニッコリと笑った。

「君は実験用の犬屋だろう」

吾輩は面喰《めんく》らった。そんな商売が在る事を、その時がその時まで知らなかったもんだから思わず自分の姿を見まわした。成る程、煙突の掃除棒みたいな頭に底の無いカンカン帽を冠《かぶ》っている。右の袖の無い女の単物《ひとえもの》の上から、左の袖の無い男浴衣《ゆかた》を重ねて、縄の帯を締めている。河岸の石垣の上から穿いて来た赤い鼻緒の日和下駄《ひよりげた》を穿いているが、これはどうやら身投女《みなげ》の遺留品らしい。成る程、実験用の犬屋というものはコンナ姿のもんかなと思ったから黙ってうなずいた。天狗猿もうなずいてポケットを探りながら半分ばかり残っている朝日の袋とマッチを差出した。

「吸わんかね……君……」

「呉れるんですか」

「うん。君は好きだろう。歯が黒い」

吾輩は気味が悪くなった。天狗猿の奴、吾輩を呑込《のみ》んでいるらしい。

「まあ御用を承ってからにしましょう」

「アハハ。恐ろしく固苦しいんだね君は……ほかでもないがね。実は今まで僕の処に出入りしていた実験用の犬屋君が死んじゃったんだ。腸チブスか何かでね。おかげで実験が出来なくなって困っているのは僕一人じゃないらしいんだ。本職の犬殺し君に頼んでもいいんだが、生かして持って来るのが面倒臭いもんだから高価《たか》い事を吹っかけられて閉口しているんだ。君一つ引受けてくれないか。往来から拾って来るんだから訳はないよ。一匹一円平均には当るだろう。猫でもいいんだが……」

「つまり犬殺しの反対の犬生かし業ですね」

「まあ……そういったようなもんだが立派な仕事だよ。往来の廃物を利用して新興日本の医学研究を助けるんだからね。君が遣ってくれないと困るのはこの大学ばかりじゃないんだ。向うの山の中に在る明治医学校でも実験用の動物を分けてくれ分けてくれってウルサク頼んで来ているんだからね。大した国益事業だよ」

吾輩は天狗猿の口の巧いのに感心した。丸い卵も切りようじゃ四角、往来の犬拾いが新興日本の花形なんだから物も云いようだ。

「やってみてもいいですが、資本が要りますなあ」

「フウン……資本なんか要らん筈《はず》だがなあ」

「要りますとも……犬に信用されるような身姿《みなり》を作らなくちゃ……」

「アハハ、成る程……どんな身姿かね」

「二重マントが一つあればいいです。それに山高帽と、靴と……」

「恰度《ちょうど》いい。ここに僕の古いのがある。コイツを遣ろう」

と云ううちに最早《もう》、古山高と古マントと古靴を次から次に窓から出してくれたので、流石の吾輩も少々煙《けむ》に巻かれた。

「洋傘《こうもり》は要らんかね」

「モウ結構です。先生のお名前は何と仰言《おっしゃ》るのですか」

「僕かね。僕は鬼目《おにめ》という者だ。この法医学部を受持っている貧乏学者だがね」

吾輩は思わず貰《もら》い立ての山高帽を脱いだ。鬼目博士の論文なら嘗《かっ》て亜黎子未亡人の処で読んだ事がある。その頃まで、三十年前頃までは、微々として振わなかった日本の法医学界に、指紋と足痕《あしあと》の重要な研究を輸入した科学探偵の大家だ。

「学界のためだ。シッカリ奮闘してくれ給え。君を見込んで頼むんだ」

「しかし……しかし……」

「しかし何だい。まだ欲しいものがあるかい」

「イヤ、先生はドウして僕が、この仕事に適している事をお認めになったんですか」

「アハハ、その事かい。それあ別に理由《わけ》は無いよ。君の過去を知ってるからね」

「エッ、僕の過去を……」

「僕は度々君の軽業を見た事があるんだよ。君がドコまで不死身なのか見届けてやろうと思ってね。毎日毎日オペラグラスを持って見に行ったもんだよ。だから君があの木乃《ミイ》伊《ラ》親爺《おやじ》を殺したホントの経緯《いきさつ》だって知っているんだよ。あの未亡人を爆発させた火薬と、バルチック艦隊を撃沈した火薬が、同しものだってことも察しているんだよ。ハハハ」

吾輩は聞いているうちに全身が汗ビッショリになった。コンナ頭のいい恐ろしい学者が人間世界に居ようとは夢にも思わなかったので今一度シャッポを脱いで窓の前を退散した。

人生意気に感ず。武士は己を知る者のために死すだ。考えてみると吾輩というこの人間の廃物を拾い上げてくれた奴は、次から次に、吾輩のために非業の死を遂げて行くようだ。最初が木乃伊《ミイラ》親爺、その次が有閑夫人亜黎子、いずれも吾輩と似たり寄ったりの廃物揃いであったが、今度はどうして廃物どころじゃない、日本第一の法医学者、鬼目博士と来ているんだから間誤間誤《まごまご》しているとこっちが位《くらい》負けして終《しま》うかも知れない。むろんこっちでも恩を仇《あだ》で返す了簡なんか毛頭無いんだが……とにもかくにも吾輩の博士製造業……往来の犬生かし事業は、こうして天狗猿の鬼目博士から授かったものなんだ。

ウンコ色貴婦人

そうだよ。目下のところ、吾輩は犬が専門だよ。以前《もと》は猫もやっていたが、アイツは中々手数がかかるんだ。

猫という奴は芸者と同様ナカナカ一筋縄では行かない。ニャアニャアいって御機嫌を取るようだが、元来は猛獣なんだからそのつもりでいないと非道《ひど》い目に会う。その猛獣一流のハッキリした個人主義を伝統していて、自分以外のもの一切を敵と心得ている奴が猫だ。物蔭から「フッ」というと間一髪の同時に身構えるという、講道館五段以上の達人だから容易な事では手に合わない。もっとも蝮《まむし》を手摑《てづか》みにする商売人も居るんだから練習すると相当に摑めるんだが、持って帰るのが面倒だ、中々マントの内ポケットにジッとしてなんかいないんだから袋の口を釦《ぼたん》で止めとかなくちゃならん。

だからコイツは釣るの一手だ。何でも構わないからコマギレを引っかけた釣針に糸を附けた奴を、人通りの無い横露路か何かで、適当な猫の隠れ場所の在る近くに結び付けておくと、奴《やっこ》さん、散歩の序《ついで》に通りかかって引っかかる。チクリと来ると吐出すが又、喰《く》う。そのうちに鉤《かぎ》が舌に引っかかるんだが、引っかかったら最後、決して啼かないから妙だ。

「ミイやミイや」

なんて抱主《かかえぬし》が探しに来てもジイッと塵箱《ごみばこ》の蔭なんかに隠れてしまうからナカナカ見付からない。頃合いを見計らって、そいつを拾ってまわると一日に五匹や六匹は間違いない。釣針に附いた糸をマントのボタンに捲付《まき》けておけば神妙に黙ったまま藻掻《もが》いている。

「まあまあ可愛相に……コンナ非道《ひど》い事をして……ジッとしておいで、外して上げるから。イクラお肴《さかな》を盗んだってアンマリじゃないか。死んだら化けて出ておやり。憎らしい……」

なんていうのには百の中《うち》一つも行当らない。

もう一つ猫をやめた理由は、ドウも犬と猫との間に需要、供給の不公平があるらしい。犬の余り物の方が実際上、猫よりも遥《はる》かに多いんだ。

俗に三味線太鼓といって三味線は猫の皮、太鼓は犬の皮ときまっているらしいが、猫の皮は日本国中、自惚《うぬぼれ》と瘡《かさ》毒気《け》の行渡る極み、津々浦々までペコンペコンとやっているが、太鼓の方はそうは行かない。イクラ非常時だからといったってあっちへドンドンこっちへドンドンやっていたら日本中が「お月様イクッ」になってしまう。だからワンワンの廃り物の方がニャアニャアのルンペンよりも遥かに多い訳だ。

尤《もっと》もいくらワンワンだって、無鑑札の廃物ばかりを狙っている訳じゃない。時には必要に応じて有鑑札のパリパリを狙う事もある。コイツは極く内々の話だがトテモ珍妙な事件が在るんだ。ツイこの頃の事だ。

今云った天狗《てんぐ》猿博士の乾分《こぶん》で、法医学の副手をやっている男が、是非とも中位のセパードが一匹欲しい。軍用犬の毒物に対する嗅覚《きゅうかく》と、その毒物に対する解剖学上の反応を調べてみたいのだが、ナカナカ手に入らないので困っている。金は十円ぐらいまで奮発するから一つやってくれ。鬚野先生以外にお頼みする人が居ないのだから……と恐ろしく煽動《おだ》てやがったから特別を以《もっ》て引受けてやった。

そこでその副手から鋭利なゾリンゲン製の鋏《はさみ》を一挺《いっちょう》借りて、その日一日中と、あくる日の夕方までかかって市中の屋敷町という屋敷町をホッキ歩いたが、誰でも知っている通りセパード級の犬になるとどこの家《うち》でもナカナカ外へ出さない。タマタマ出していてもゾッとする位大きな奴だったり、頑丈な男が鎖で引っぱっていたりして注文通りの奴に一度も行当らない……これでは日当にならない。ほかの雑犬《ざっぱ》を漁《あさ》って数でコナシた方が割がいい。これ位で諦らめて鋏を返してしまおうか知らんと胸算用をしいしい来るともなく、市内でも一等繁華な四角《よつかど》の交叉点《こうさてん》へ来てて、ボンヤリ立っているうちに、居た居た。生後三箇月ぐらいの手頃のセパードで、お誂《あつら》え向きに革の細い紐《ひも》で引っぱられている。しかも引っぱっている奴は四十五六ぐらいに見える貴婦人だ。

吾輩《わがはい》は元来、貴婦人気取の女が嫌いでね。都合よくエライ親父かエライ亭主に取当ったのを自慢にして、ほかの女とは身分が違うような面付《かおつき》をしている……その根性がイヤなんだ。貴婦人と普通の女の違いは、債券に当った奴と当らない奴だけの違いじゃないか。

しかもその身分違いをハッキリさせるために、平民が寄付けないようなドエライ扮装《ふんそう》を凝らしやがる。薄黒いドーナツ面《づら》へ蒟蒻《こんにゃく》の白和《しらあ》えみたいに高価《たか》いお白粉《しろい》をゴテゴテと塗りこくる。自分の鼻が慣れっこになればなるほど、強烈な香水を振りかけるから、何の事はない、塗り立てのコールタールだ。目の見えない奴は新しいポストと間違えて避《よ》けて行くだろう。気の強い奴は処女に見せかける了簡と見えて、頬ペタをベタベタと糞《うんこ》色《いろ》に塗上げている。おまけに豚の尻《けつ》みたいな唇を鮮血色に彩っているから、食後なんかにお眼にかかるとムカムカして来るんだ。特権階級を気取るつもりらしく、ヤタラに銀狐の剝製《はくせい》か何かを首に巻いているが、その銀狐の面付《つらつき》の方が、直ぐお隣の御面相よりもよっぽどシャンなんだから滑稽《こっけい》じゃないか。のみならず、せめてブルドッグでも召連れていれば多少の参考になるところだが、選《よ》りに選って眉目清秀のセパードなんかを引っぱっているからイヨイヨ以て助からない。

冒険大泥棒

その繁華な交叉点で吾輩がぶつかったのは、ちょうどその助からない種類の貴婦人だった。全体にムクムクと膨れ返って、大水で流れて来たか、花火から落ちて来たみたいな四十五六の処女らしい身装《みなり》の奴が、ゴーストップの開くのを待っているらしく、航空郵便の横に突立って、白ペンキ色の襟首と、毒々しいウンコ色の横顔を見せている。これじゃ何ともなくともチョット悪戯《いたずら》をしてみたくなる恰好《かっこう》じゃないか。

しかし吾輩は考えたよ。

ここは恐ろしく場所が悪い。ちょっとでも通行人に気付かれたら運の尽きだと思ったが……しかしだ。「天の与うるところのものを取らずんば、取らざるに勝る後悔あり」とね、「機会は再び来らず」という鼠小僧の遺訓を思い出したものだから一つ思い切って決行した。貴婦人が引っぱっている革の紐のたるんだところを目がけて、例の鋏でチョン切る。トタンに例の手で犬をポケットに納めるという離れ業を試みた……。

……つもり……だったがアニ計らんやだ。天なる哉《かな》、命《めい》なる哉だ。アニが計らずに弟が計ったものと見えて、革の紐をチョン切ったトタンに向うのゴーストップが青に変った。トタンに待構えていた貴婦人が向うへ歩き出す。トタンに手の革紐《かわひも》が軽くなったのに気が付いて振返る。トタンに吾輩が犬の首ッ玉を吊《つ》るしてポケットに半分納めかけている現場が見えた。トタンに失策《しま》った……と思った吾輩が、その貴婦人のヨークシャ面《づら》を睨《にら》んでニタニタと笑って見せた。トタンにその貴婦人が、鳥だか獣だか、わからない声をあげてフラフラと前へのめった。トタンに横合いから辷《すべ》って来たドッジの箱自動車《セダン》が、その貴婦人の在りもしない鼻の頭を、奇蹟《きせき》的に突飛ばして停車した。トタンに貴婦人の意識にも奇蹟のブレーキが掛かったらしく両足を上にしてヒャーッと顛覆《てんぷく》する。トタンに吾輩が投出したセパードが御主人のお尻の処を嗅《か》ぎまわって悲し気に吠《ほ》え立てる。トタンに通りかかった野次馬がワアーと取巻く。そこいら中がトタンだらけになっちゃって、何がどうして、どうなったんだかテンヤワンヤわからない状態に陥ってしまった。

これを見た吾輩はホッとしたね。この調子なら吾輩が仕出かした事とは誰も気付くまい……と思ったから何喰わぬ顔で野次馬を押分けた。その伸びちゃっている貴婦人の頭の処へ近付いて大急ぎで脈を取って見た。それから瞼《まぶた》を開いて太陽の光線を流れ込まして見ると、茶色の眼玉を熱帯魚みたいにギョロギョロさしている。たしかに、まだ生きている事がわかったので今一度ホッとしたね。

「ワア……テンカンだテンカンだ……」

「そうじゃねえ、行倒れだ」

「何だ何だ。乞食《こじき》かい……」

「ウン。乞食が貴婦人を診察しているんだ」

「……ダ……大丈夫ですか」

とドジを踏んだ運転手が、吾輩の顔を覗《のぞ》き込んだ。青白い銀狐みたいな青年だ。

「何だ何だ。死んだんか。怪我をしたんか」

と馳《はせ》付けて来た交通巡査が同時に訊《き》いた。察するところ、運転手の方は生きている方が好都合らしく、巡査の方はこれに反して、死んだ方が工合がいいらしい口ぶりだ。面《めん》喰《く》らったセパードは、まだ貴婦人のお尻の処を嗅ぎまわってドッチ附かずに吠えている。

「どうしたんだ。ヘタバッたのかい」

「ナアニ。鼻が千切れたんだよ。キット……俺あ見てたんだが」

「ベリベリッと音がしたじゃねえか。助からねえよ。急所だから……トテモ……」

何かと云っているところを見ると野次馬の連中も巡査と同感らしい。人生貴婦人となる勿《なか》れだ。

しかし厳正なる医師の立場に居る吾輩は、遺憾ながら運転手君に味方しなければならない事をこの時、既に既に自覚していた。貴婦人は最早、呼吸《いき》を吹返している。ただキマリが悪いために狸の真似をしている事実を、吾輩はチャンと診断していたのだから止むを得ない。

吾輩はダカラ勿体《もったい》らしく咳払《せきばら》いを一つした。

「……エヘン……これは大丈夫助かります。大急ぎで手当をすればね。脳貧血《ヒルンアネミー》と、脳《ゲヒルン》震盪《エルシュテルンシ》が同時に来ているだけなんですから……」

「何かね。君は医師かね」

と新米らしい交通巡査が吾輩を見上げ見下した。吾輩は今一つ……エヘン……と大きな咳払いをした。それから悠々と長鬚を扱《しご》いて見せた。

「そうです。大学の基礎医学で仕事をしている者です。天狗猿……イヤ。鬼目教授に聞いて御覧になればわかるです。……そんな事よりも早くこの女の手当をした方がいいでしょう。今、処方を書いて上げますから……誰か紙と鉛筆を持っておらんかね」

「ハ。……コ……ここに……」

と云ううちにドッジの運転手が、わななく手で差出した手帳の一枚を破いた吾輩は、サラサラと鉛筆を走らせた。

「早くこの薬を買って来たまえ。間に合わないと大変な事になるぞ」

「……か……かしこまり……」……ました……と云わないうちに運転手はエンジンをかけたままの運転台に飛乗った。アッという間に全速力《フルスピード》をかけて飛出した。

チャッカリ小僧

「……ウヌ……逃げたナ……」

と云ううちに交通巡査も、物蔭《ものかげ》に隠しておいた自働自転車を引ずり出して飛乗った。爆音を蹴散《けち》らして箱自動車《セダン》の跡を追った。見る見るうちに街路《まち》の向うの……ズウット向うの方へ曲り曲って見えなくなってしまった。

呆気《あっけ》に取られて見送っていた野次馬連は、そこでやっと吾《われ》に帰ったらしく、顔を見合わせてゲラゲラ笑い出した。吾輩も可笑《おか》しくなったので、血を滴《た》らし始めている貴婦人の鼻の頭を、運転手が置いて行った小さなノートブックの間から出て来た二三枚の名刺で押えてやりながらアハアハアハと笑い出した。

「奥さん奥さん。いい加減に起きて歩いたらどうです。いつまでもここに寝てたって際限がありませんよ」

と片手で貴婦人の肩を揺り動かしてみた。

「無理だよソレア……先生。死んでんだもの……」

皆がドッと笑い出した。貴婦人の両眼から涙がニジミ流れ始めた。人生コレ以上の悲惨事は無い。自分の死骸《しがい》に対して世間の同情が全く無い事を知った美人の気持はドンナであろう。どうも弱った事になって来た。そのうちにどこかの茶目らしいクリクリ頭に詰襟服の小僧が、群集の背後《うしろ》から一枚の紙片《かみきれ》を拾って来て、吾輩の眼の前に突出した。

「先生。これあ今の紙じゃないですか」

「ウン吾輩が書いてやった処方だ。運転手が逃げがけに棄てて行ったものらしいな。交通巡査は流石に眼が早い」

「だって先生。名刺の挟まったノートを落して行ったんじゃ何にもならないでしょう」

鳴りを鎮めていた群集が又笑い出した。

「ウーム。豪《えら》いぞ小僧。今に名探偵になれるぞ」

「……そ……そんなんじゃありません」

「そんなら済まんがお前、その薬を買って来てくれんか。そこに落ちているこの奥さんのバッグに銭が這入《はい》っているだろう」

「だって……だって。そんな事していいんですか」

「構わないとも。早く買って来い。奥さんが死んじゃうぞ」

と背後《うしろ》の方から野次馬の一人が怒鳴った。しかし小僧はなおも躊躇《ちゅうちょ》した。

「ちょっと待って下さい。何と読むんですか。この最初の字は……」

「うん。それはトンプクと読むんだ」

「トンプク……ああわかった。頓服《とんぷく》か……ええと……メートル酒十銭……」

「馬鹿。メントール酒と読むんだ。早く行かんか」

「待って下さい。薬屋で間違うといけねえから、その次は?」

「ナカナカ重役の仕込みがいいな貴様は……チャッカリしている。それは硼酸軟膏《ほうさんなんこう》と万創膏と脱脂綿だ。薬屋に持って行けばわかる。早く行け、この奥さんの鼻の頭に附けるんだ」

「オヤオヤア。いけねえいけねえ。これあ駄目ですよ先生……」

「チャアチャア。このバッグの中には銭なんか一文も無《ね》えや。若い男の写真ばっかりだ。ウワア……変な写真が在ライ」

「何が駄目だ」

と云いも終らぬうちに塵埃《ほこり》だらけになって転がっていた狸婦人が鞠《まり》のように飛上った。茶目小僧の手から銀色のバッグを引ったくるとハンカチで鼻を押えたまま一目散に電車道を横切って、向うの角のサワラ百貨店の中に走り込んで行った。アトから犬が主人の一大事とばかり一直線に宙を飛んで行ったが、その狸婦人の足の早かったこと……。

野次馬がドッと笑い崩れた。

「ナアンダイ。聞いてやがったのか」

「向うの店で又引っくり返《けえ》りゃしねえか」

「行って見て来いよ。小僧。引っくり返《け》えってたらモウ一度バッグを開けてやれよ。中味をフン奪《だ》くって来るんだ。ナア小僧……」

「なあんでえ。買わねえ薬が利いチャッタイ」

ワアワアゲラゲラ腹を抱えている中を、吾輩《わがはい》は悠々と立去った。全く助かったつもりでね。

ところが助かっていなかった。女の一念は恐ろしいもんだ。それから間もなくの事だ……。

混凝土《コンクリート》令嬢

「アラッ。鬚野《ひげの》さん……鬚野先生……センセ」

どこからか甲高い、少々媚《なま》めかしい声が聞こえて来た。吾輩が立止まった。バッタリというのは月並な附け文句ではない。吾輩はバッタリと立止るトタンに両脚を突込んでいる片チンバのゴム長靴が、実際にバッタリと音を立てたのだ。序《ついで》に水の沁《し》み込んだ靴底に吸付いた吾輩の右足の裏が、ビチビチと音を立てたが、これは少々不潔だから略したに過ぎないのだ。

吾輩は空気抜の附いた流行色の古山高帽を冠《かぶ》り直した。裸体《はだか》一貫の上に着た古い二重マントのボタンをかけた。

通りがかりのルンペンを呼ぶのに最初「サン」附けにして、あとから一段上の先生なんかと二《ふ》た通りに呼分けるなんて油断のならぬ奴だ。況《いわ》んやそれが若い、媚めかしい声なるに於《お》いてをや……といったような第六感がピインと来たから、特別に悠々と振返った。

それはこの町の郊外に近い、淋《さび》しい通りに在る立派なお屋敷であった。主人はこの町の民友会の巨頭株《おおあたまかぶ》で、市会議員のチャキチャキで、ツイ四五週間前のこと、目下百余万円を投じて建設中の、市会議事堂のコンクリートを噛《かじ》り過ぎた酬《むく》いで、赤い煉瓦《れんが》の法律病院に入院して、新聞と検事に背中をたたかれたたかれ財産と臓腑《ぞうふ》の清算、尻拭《しりぬぐ》い中である。その奥さんは、その亭主の尻拭い紙である色々な重要書類を紛失したのを苦にして、発狂して死んでしまった……と云ったら誰でも「ああ。あの混凝土《コンクリート》野郎か」と云うであろう。

その混凝土《コンクリート》氏こと、山木《やまき》勘九郎氏邸の前を通ると、鬱蒼《うっそう》たる樫《かし》の木立の奥に、青空の光りを含んだ八手《やつで》の葉が重なり合って覗《のぞ》いている。その向うにゴチック式の毒々しい色硝子を嵌《は》め込んだ和洋折衷の玄関が、贅沢《ぜいたく》にも真昼さなかから電燈《でんとう》を点《つ》けて覗いているもう一つ向うに、コンクリートの堂々たる西洋館が聳《そび》えているところを見ると、如何《いか》にも容易ならぬ金持らしい。ちょっと忍び込んでみたくなる位である。多分、あの樫の木の闇《くら》がりが御自慢なのであろうが、混凝土《コンクリート》を喰《く》った証拠に混凝土《コンクリート》の家を建てるのはドウカと思う。……なぞと詰まらない反感を起しながら門の前を通り過ぎようとしているところへ、その鬱蒼たる樫の木闇《こくら》がりの奥から聞こえたのが今の呼声だ。コンナ立派な家の中から、あんな綺麗《きれい》な声で呼ばれるおぼえは無い。間違いではなかったかなと思っているところへ、門の中から花のような綺麗な、お嬢さんの姿があらわれた。

年の頃十八九の水々しい断髪令嬢だ。黒っぽい小浜縮緬《こはまちりめん》の振袖《ふりそで》をキリキリと着込んで、金と銀の色紙と短冊の模様を刺繍《ししゅう》した緋羅紗《ひらしゃ》の帯を乳の上からボンノクボの処へコックリと背負い上げて、切り立てのフェルト草履の爪先を七三に揃えている恰好《かっこう》は尋常の好みでない。眼鼻立が又ステキなもので、汽船会社か、ビール会社のポスター描きが発見したら二三遍ぐらいトンボ返りを打つだろう。

そいつがニッコリ笑うには笑ったが、よく見ると顔を真赤にして眼を潤ませている。まさか俺に惚《ほ》れたんじゃあるまいが……と思わず自分の顔を撫《な》でまわしてみたくらい、思いがけない美しい少女であった。

「何だ……吾輩に用があるのか」

「……エ……あの。ちょっとお願いしたい事が御座いますの」

と云ううちに、しなやかな身体をくねくねという恰好にくねらせた。しきりに顔を真赤にして自分の指をオモチャにしている。

「……ハハア。犬が欲しいんか」

まさかと思って冷やかし半分に、そう云ってみたのであったが、案外にもお合羽《かっぱ》さんが、如何にも簡単にうなずいた。

「ええ……そうなんですの」

「ほオ――オ。お前が動物実験をやるチウのか」

「……アラ……そうじゃないんですの……」

「ふむ。どんな犬が欲しい」

「それが……あの。たった一匹欲しい犬があるんですの」

「ふむ。どんな種類の……」

「フォックス・テリヤなんですの。世界中に一匹しか居ない」

「ウワア。むずかしい註文《ちゅうもん》じゃないか」

「ええ。ですからお願いするんですの」

「ふうん。どういうわけで、そんなむずかしい仕事を吾輩に……」

「それにはあの……ちょっとコミ入った事情がありますの。ちょっとコチラへお這入りになって……」

と云ううちにイヨイヨ真赤になった。今度は平仮名の「く」の字から「し」の字に変った。打棄《うっちゃ》っておくと伊呂波《いろは》四十八文字を、みんな書きそうな形勢になって来たのには、持って生れたブッキラ棒の吾輩も負けちゃったね。今に「へ」の字だの「ゑ」の字だのを道傍《みちばた》で書かれちゃ大変だと思ったから、悠々と帽子を取って一つ点頭《うなず》いてみせると、お合羽さんは振袖を飜えして門の内へ走り込んだ。お尻《しり》の上の帯をゆすぶりゆすぶり玄関の扉《ドア》を開いて、新派悲劇みたいな姿態《ポーズ》を作って案内したから吾輩も堂々と玄関のマットの上に片跛《かたびっこ》の護謨《ゴム》靴を脱いで、古山高帽を帽子掛にかけた。お合羽さんが自分の草履と、吾輩の靴を大急ぎで下駄《げた》箱に仕舞うのを尻目《しりめ》に見ながら堂々と応接間に這入った。

「失礼じゃがマントは脱がんぞ。下は裸一貫じゃから」

「ええ。どうぞ……」

廃物豪華版

応接間の構造は流石に当市でも一流どころだけあって実に見事なものであった。天井裏から下った銀と硝子《ガラス》の森林みたような花電燈。それから黒虎斑《ぶち》の這入った石造の大煖炉《だんろ》。理髪屋式の大鏡。それに向い合った英国風の風景画。錦手大丼《にしきでおおどんぶり》と能面を並べた壁飾。その下のグランド・ピアノ。刺繍の盛上った机掛。黄金の煙草容器。銀ずくめの湯の音をジャンジャン立てているサモワルに到るまで、よくもコンナに余計な品物ばかり拾い集めたものである。乞食《こじき》の物置小屋じゃあるまいし……とすっかり軽蔑《けいべつ》してしまったが……もっとも余計な品物を持っている点に於《おい》ては吾輩も負けないつもりだ。冠っている山高から、ボロ二重マント、穿《は》いている長靴は勿論《もちろん》の事、その中に包まれている吾輩、鬚野房吉博士の剝身《むきみ》に到るまで一切合財が天下の廃物ならざるはなし。コンナ豪華な応接間の緞子《どんす》と真綿で固めた安楽椅子の中に坐《すわ》らせるのは勿体《もったい》ないみたいなもんだが、しかし、その贅沢品《ぜいたくひん》の豪華版の中から生まれ出たような断髪の振袖令嬢が、その廃物ずくめのルンペンおやじに、大切な用があると仰言るんだから世の中は不思議なもんだ。一つ御免蒙《こうむ》って御神輿《おみこし》を卸してみよう。そうして銀のケースの中から葉巻《ハヴアナ》を一本頂戴《ちょうだい》してみる事にしてみよう。

断髪令嬢が素早く卓上のライタを取上げて器用に火をつけてくれた。その物腰をみるとチョット珈琲店《カフェー》の女給さんみたいな気がして、手が握りたくなったが止した。

それから断髪令嬢は卓上のサモワルから馴《な》れた手附で珈琲《コーヒー》を入れて、吾輩にすすめてくれたが、その容器を見ると、ここが断然カフェーでない事を覚らせられた。そこいらにザラにある珈琲茶碗《ちゃわん》じゃない。舶来最極上の骨灰焼だ。底を覗いてみると孔雀型の刻印があるからには勿体なくも
イギリスの古渡《こわた》りじゃないか。一つ取落しても安月給取の身代ぐらいはワケなく潰《つぶ》れるシロモノだ。吾輩はルンペンではあるが、有閑未亡人の侍従《バッグ》をやっていたお蔭《かげ》でソレ位のことはわかる。亜米利加《アメリカ》の名探偵フィロ・ヴァンスみたいな半可通《はんかつう》とはシキが違うんだ。

「……わたくし……父が御承知の通りの身の上で御座いまして……わたくし迄《まで》も世間から見棄てられておりまして……お縋《すが》りして御相談相手になって下さるお方が一人も御座いませんの」

「フムフム……尤《もっと》もじゃ」

「みんな世間の誤解だから、心配する事はないと、父は申しておりますけど……」

吾輩《わがはい》は鷹揚《おうよう》にうなずいて見せた。誤解にも色々ある。とんでもない売国奴が、無二の忠臣と誤解されている事もあれば、純忠、純誠の士が非国民と間違えられる事もある。警察に引っぱられたカフェーの女給が、華族の令嬢に見られる事もあれば、いい加減な派出婦が万引したお蔭で、貴婦人と間違えられる事もある世の中だ。吾輩なんかは乞食以下の搔攫《かっさら》いルンペンと誤解されている世界的偉人だ……と云ってやりたかったが、折角、花のような姿をして葉巻《ハヴアナ》や珈琲を御馳走《ごちそう》してくれるものを泣かしても仕様がないと思って黙っていた。

「世間ではナカナカそう思ってくれないので御座いますの」

吾輩は今一つうなずいた。そう云う令嬢の眼付を見ると、どうやら父親の無罪を確信しているらしい態度《ようす》である。吾輩はグッと一つ唾液《つば》を嚥み込んだ。

「いったいお前の父親は、ほんとうに市会議事堂のコンクリートを嚙ったんか」

「いいえ。断然そんな事、御座いません。この家《うち》を建てた請負師の人が、偶然にかどうか存じませんが、市会議事堂を建てた人と同じ人だったもんですから、そんな誤解が起ったんです。ですから妾《わたし》、口惜《くや》しくって……」

「成る程。そんならお前の父親が、この家の建築費用をチャント請負師に払うた証拠があるんかね」

「ええ。御座いましたの。そのほかこの応接間の品物なんかを買い集めた支払いの受取証なぞを、みんな母が身に着けて持っていたので御座いますが、それがどこかで盗まれてしまいまして、その受取証や何かがみんな反対党の人達の手に渡ったらしいんですの。ですから反対党の人達は大喜びで、そんな受取証を握り潰しておいて、父がそんなものを賄賂《わいろ》に貰《もら》ったように検事局に投書したらしゅう御座いますの。ですから検事局でも、その受取証を出せ出せって責められたそうですけど、父はその事に就いて一言も返事をしなかったもんですから、とうとう罪に落ちてしまいました」

「成る程、わかった。堕落した政党屋の遣りそうな事だ」

「父は、それですから、母にその証文を入れたバッグを出せ出せって申しますけども、どうしても母が出さなかったので御座います」

「成る程。それは又おかしいな」

「ええ。でもおしまいには、とうとう母が白状致しましたわ。亡くなります二三日前の晩に、すこし気が落ち附きますと、それまで肌《はだみ》を離さずに持っていたバッグを父に渡しました。けれども中味は空っぽで御座いました。その時から一週間ばかり前にどこかで自動車に突飛ばされて倒れた拍子に、そのバッグの中味を誰かに見られて奪《と》られてしまったらしいんですって……その人が反対党の手先か何かだったに違いないって母は申しておりましたが……ほんとに申訳ない、口惜しい口惜しいって申しておりましたが……」

　そう云って吾輩を見上げた令嬢の眼に一点の露が光った。ナカナカ親孝行な娘だ。今度は抱上げて頭を撫《な》でてやりたくなった。

「そこでアンタはそのお父さんに対する世間の誤解を晴らそうと思うているわけじゃね」

「そうなんですの……駄目でしょうかしら……」

なかなか大胆な娘らしい。決心の色を眉宇《びう》に漲らしている。

犬のダニ

「さあ。ちょっとむずかしいなあ。世間の誤解という奴は犬のダニみたいなものじゃから……」

「まあ……犬のダニ……」

「そうじゃ。犬のダニみたいに、勝手に無精生殖をしてグングン拡がって行くもんじゃからね。皮膚の下に喰込《くい》んで行くのじゃから一々針で掘った位じゃ間に合わんよ。ウッカリ手を出すとこっちの手にダニがたかって来る」

「まったくですわねえ」

「ジャガ芋の茹《ゆ》で汁で洗うと一ペンに落ちるもんじゃが」

「まあ。ジャガ芋をどう致しますの」

「アハハ。それは犬のダニの話じゃ。鉄筋コンクリートなんぞに喰《く》い込んだダニなんちいうものはナカナカ頑強で落ちるもんじゃない。七十五日ぐらいジッと辛抱しているとダニの方がクタビレて落ちてしまう事もあるが……」

「それがその七十五日なんか待ち切れないので御座いますの。その中《うち》でも或《あ》るタッタ一人の方の誤解だけは是非とも解いてしまいませんと、わたくしの立場が無くなるんですの。……でも……それがタッタ一匹の犬から起った事なのですから……スッ……スッ……」

令嬢の眼からポロリポロリと光る水玉が辷《すべ》り落ち初めた。

どうも考えてみると変った娘があればあるものだ。通りがかりのルンペン親爺《おやじ》を応接間に引っぱり込んで最極上の葉巻《ハヴアナ》と珈琲を御馳走して、生命《いのち》よりも大切な涙をポロポロ落して見せるなんて、だいぶ常識を外れている。ことによるとこの少女はキチガイの一種である早発性痴呆《ちほう》かも知れないと思った。

「ハハア。面白いワケじゃな……一匹の犬に関係している。タッタ一人の誤解が……」

「そうなんですの……そのタッタ一人の方に誤解される位なら妾死んだ方がいいわ……スッ……スッ……」

「ちょっと待ってくれい。もうすこし落付いてユックリ事情を話してみなさい」

お惚気《のろけ》豪華版

それから断髪令嬢がシャクリ上げシャクリ上げ話すところを聞いているうちに、やっと事情が判明《わけわか》って来た。この断髪令嬢は本名を山木テル子さんという山木氏の一人娘で、エース女学校を去年卒業したばかりの才媛《さいえん》である。二年前《ぜん》に前外務大臣唖川《おしがわ》伯爵の令息で、唖川歌夫《うたお》という外務省情報部勤務の青年と婚約が出来ているのが、父親山木混凝土《コンクリート》氏の疑獄事件で、そのままになっているという。

ところで、その唖川歌夫という青年外交官は、嘗《かつ》てその婚約時代に和蘭《オランダ》、独逸《ドイツ》、瑞西《スイス》を遊学してまわった事があるが、その帰朝土産に仏蘭西《フランス》は巴里《パリ》の犬の展覧会から、何万法《フラン》か出して買って来た世界第一、無類飛切というフォックス・テリヤのお手本みたような仔犬を一匹持って来て令嬢に与えた。

「式を挙げるまで、これを僕と思って可愛がって下さい」

という婚約者のお手本みたいな甘ったるい文句附きであったが、その犬の特徴というのは、ピアノを弾き初めると妙に眼を白くして天井を見てアクビみたいな声を出して、アウーアウーと合唱する。そのほかABCのカード拾いだの、十以下の計算の答えをカードで出したりするので、令嬢はそれこそ有頂天になって、名前をUTA《ウータ》と名付けて、手の中の玉みたいに可愛がって夜は一緒に抱いて寝る。眼が醒《さ》めると、

「サア。ウーちゃん御飯をお上り」

と頭を撫でてやる。お客様が来ると直ぐに連れて来て芸当をやらせる。お客様が感心すると抱き寄せて頬ずりをしてやる。

「ねえ、随分怜悧《りこう》でしょ。これ唖川小伯爵から頂いたのですよ。ねえねえウーちゃん。アラアラ眼脂《めやに》が出ているわよ」

なんかと云って嘗《な》めてやらんばかりにして見せるので大抵のお客が驚いて帰ってしま

う。夜となく昼となく甘ったるい言葉ばかりかけるので実の両親までもが、朝から晩までエヘンエヘンと云っていたという。

ところが、その父親に対する妙な風評が、次第に高まって来て、門の表札が引っぺがされたり、二階の硝子《ガラス》窓から石が飛込んで来たりし始めると間もなく、突然にそのUT《ウー》A《タ》君が行方を晦《くら》ました。むろん逃げたものだか殺されたものだか見当が附かない。門の外に出さないのだからといって鑑札を受けていなかったのが、運の尽きであったのかも知れない。

テル子さんはキチガイみたいになった。むろん警察に頼んだ。私立探偵も雇った。自分でも男装して父親のパッカードのオープンを運転しながら、市中を駈《か》けまわって探したものであるが、そのうちに世間の父親に対する憎しみがだんだん高まって来ると、とうとうそのパッカードにまで石を投げる奴が出て来た。しまいには壮士みたいな奴が五六人、大手を拡げて行手に立塞《たちふさ》がったりするようになったので、流石の断髪、男装令嬢も門外へ一歩も出られなくなってしまった。おまけに「非国民の断髪令嬢、大威張りでパッカードを乗廻《まわ》す」という新聞記事で止刺《とど》刃《め》を刺されてしまった。

ところが間もなく更に、それ以上の打撃がテル子嬢の上に落ちかかった。

その頃既に父親の山木コンクリート氏は、世間の風評に対して極度の神経過敏症に陥っていたらしい。そのUTA《ウータ》が居なくなったのは婚約者の啞川小伯爵がコッソリ盗み出したものに違いないと云い出した。俺みたいな奴の娘を名門の息子が貰う訳に行かないというので、父親の唖川前外相の指令か何かを受けた小伯爵が、人を頼んでか、又は自分自身でか盗み出したものだ。今の華族なんて奴は妙に家柄や何かを振まわすが、その振まわす根性といったら実に軽薄なものなんだ。よしんば親は泥棒にしても子供同士は清浄無垢《むく》なものなんだ。況《いわ》んや俺の心境は明鏡止水、明月天に在り、水甕《みずがめ》に在りだ。そんな軽薄な奴の息子にかけ換えのないお前を遣る訳に行かん。

あの医学士の羽振菊蔵《はぶりきくぞう》を見よ。彼奴《あいつ》の親爺の羽振菊佐衛門《きくざえもん》は貴族院議員のパリパリで、日支銀行の頭取という財界の大立物なんだが、そんな名門面《づら》を一度もして見せた事がないばかりでない。俺に対する世間の疑惑が高まれば高まるほど熱心に俺の世話をしているだろう。毎日のように俺に秘密の電話をかけて俺を慰めていたではないか。その伜《せがれ》の菊蔵でも同じ事。親の光りで暇潰《ひまつぶ》しの外交官なんかやっている青二才とは育ちが違う。俺の悪評が高くなったこの頃になって平気でお前に婚約を申込んで来るところを見ると相当の苦労人だ。あの男は目下大学で博士号を取る準備をしているそうだから。近いうちに博士になるだろう。博士になったら、お前の婿として恥かしくないのみならず、彼の精神が実に見上げたものだ。

第一唖川歌夫という奴は、外交官の癖に、親譲りの無口でブッキラボーで、刑事みたいな凄《すご》い眼付きをしているから、到底外交官なんかに向かない事が、わかり切っている。これに反して羽振菊蔵の方は弁舌が爽《さわや》かで、男ぶりがよくて世間の常識に富んでいるから、俺みたいな年寄と話してもチットモ退屈させないから感心してしまう。だからお前も、いい加減に諦《あきら》めて、羽振の方に婚約を切りかえろ、俺は一生懸命で、お前のためばかり思っているんだぞ……とか何とかいったような訳で、混凝土《コンクリート》氏は或る夕方のこと、涙を流さむばかりにしてテル子嬢の手を握っているうちに、突然に検事局に引っぱられて、そのまま未決へ放り込まれてしまった。そのアトは父の気に入りの津金勝平《つがねかつへい》という執事みたいな禿頭《とくとう》の老人と、親よりも誰よりも八釜しい古参の家政婦で、八木《やぎ》節世《せつよ》という中婆さんが、家中《うち》の事を切まわしているので、テル子嬢は全然手も足も出なくなっているという。

「啞川歌夫さんは、それっきりお手紙を一本も下さらず、お電話もおかけになりません。おかけになっているかも知れませんけど、電話はイッモ家政婦の八木さんか、津金爺《じい》さんが聞いてしまって、私には知らせませんし、お手紙だって私が見る前に二人して隠しているらしい様子ですから……あたし……情なくて……悲しくて……スッ……スッ……」

吾輩《わがはい》はそういう令嬢の泣声を聞きながら茫然《ぼうぜん》として相手のお合羽頭《かっぱ》を眺めていた。

「フーン。で、その犬がアンタの手に帰ったらアンタはどうするつもりかね。参考のために聞いておきたいのじゃが」

「だって、そうじゃ御座いません？　その犬が居ないと歌夫さんに、直ぐ来て下さいってお手紙が上げられないじゃ御座いませんか。いつでも速達を上げると直ぐに飛んで来て下すったんですからね。そうしてお出《い》でになると直ぐに犬の事をお尋ねになるんですからね」

ルンペン道

「イヤ。わかったわかった。よくわかった。なかなか困難な註文《ちゅうもん》のようじゃが、やってみるかな一ッ……」

「あら……どうぞお願いしますわ」

テル子嬢が立上った。振袖《ふりそで》を床の上に引ずってお辞儀をした。吾輩もやおら立上った。

「……しかし……もう一つお尋ねしておきたいことがあるがな」

「ハイ。何なりと……」

「そのアンタの母さんが自動車でお怪我をしなさった時の模様が、聞いておきたいのじゃが」

「それが、よくわからないので御座います。母はただ口惜しい口惜しいと申しましてキチガイのように泣いてばかりおりまして……母は元来、非道《ひど》いヒステリーで御座いまして、お医者様から外出を停められていたので御座いますが、ちょうど一月ばかり前のこと、あんまり屋内《うち》にばかり引っ込んでいてはいけないからと申しまして、セパードを連れて散歩に出かけますと間もなく、顔のマン中へ脱脂綿と油紙を山のように貼り付けて帰って参りましたのでビックリ致しました。何でもゴーストップが開《あ》いたので、犬を引いたまま横断歩道に出ようとすると、横合いから待ち構えていたらしい箱自動車が出て来て妾《わたし》を突飛ばした。その自動車の中から髯《ひげ》だらけの怖い顔をした紳士が降りて来て、気味の悪い顔でニタニタ笑いながら、私を診察しいしい、まわりを取巻いている見物人をワイワイ笑わせていた。その隙に、その紳士が、妾のハンド・バッグの中味を検《あらた》めて大切な書類を攫《さら》って行ったものらしい。あの髯だらけのルンペンみたいな紳士が、きっと反対党の廻し者か何かだったに違いない。口惜しい口惜しいと云って寝床の中で身もだえをしておりますうちに、非道い発作が起りまして、『妾はコンナ非道い侮辱を受けた事はない。仇《かたき》を取って来るから』と云って駈け出しそうになりますので皆《みんな》して押え付けようとしましたが、どうしても静まりません。却《かえ》って非道くなってしまって、弓のようにそり反りますので、そのまま神田の脳病院に入れて、寝台へ革のバンドで縛付けておきますと、その革のバンドを抜けようとして藻掻《もが》いた揚句、どこかへ内出血を起して、その自家中毒とかで突然に……亡くなりまして……」

「成る程。どうもエライ騒ぎじゃったな。不幸ばかり重なって……」

「……ですから一層のこと歌夫さんがお懐かしくて仕様が御座いませんの。コンナ時にこそ居て下さると、どんなにか力になるでしょうと思いながら、それも出来ませんし」

「イヤ。わかったわかった。よくわかった。とにかく吾輩が引受けた。直ぐに今から活動を開始するじゃ。それではこれで帰ろう……いや構わんでくれ。左様なら……」

吾輩は一人で喋舌《しゃべ》りながら慌てて帽子を冠って、長靴を穿《は》いて玄関を飛出した。往来に出て真青な空を仰ぐとホッとした。「アハハハハ……」と思わず一人で高笑いした。

冗談じゃない、テル子嬢の母親を殺し、父親を未決監にブチ込んだ人間は誰でもない、この吾輩という事になっているらしい。直接に殺さなくとも責任は十分こっちにあるらしい。母親の云う事はテンヤワンヤのゴチャゴチャだらけであるが、それでも吾輩の笑い顔だけはハッキリと記憶に残して死んでいるらしいのだから頗《すこぶ》る気味が悪い。しかも女というものは、思い違いでも何でも構わない、一度そんな風に思い込んでしまうと、アトでいくら間違っていることが判明《わか》っても決して素直に承認する動物でない。女に思い込まれたのと、暴力団に附け狙われたのと、新聞に書かれたのと、スッポンに喰《く》い付かれたのとは、如何《いか》なる場合でも運の尽きである。ありもしない事を勝手に口惜しがって死んだ場合でも、遠慮なく閻魔《えんま》大王から幽霊の鑑札を受けて娑婆《しゃば》に引返して来る位の決心を、女というものはフンダンに持っているのだから厄介だ。

のみならず何を隠そう、一個月ばかり前にテル子嬢の大事なフォックス・テリヤを盗んで大学の博士の卵に売付けたのは、誰あろう、この吾輩なのだ。家人の隙を窺《うかが》ったものであろう。チョコチョコと門の中から出て来て吾輩に向って尻尾《しっぽ》を振っている可愛らしいテリアに鑑札のないのを見て……この野郎、これくらい立派な家で鑑札を受けていないナンテ手はない、怪《け》しからん野郎だ、引っ攫ってやれ……といったような気持でポケットに入れたのが吾輩の運の尽きであった。そのテリアたった一匹のために、お人形さんみたいな快活、明敏な令嬢が、破鏡の悲劇に陥ろうとしている。冗談じゃない。この責任が負わずにおられるもんか。

他人にわかりさえしなければ、どんな事をしてもいいというのが現代の上流社会の紳士道らしいが、吾々《われわれ》の所謂《いわゆる》ルンペン道ではそうは行かん。五千円のダイヤでも無代《ただ》では貰《もら》わない。チャンと二銭払うのが屑屋《くずや》の仁義になっているじゃないか。

UTA《ウータ》ヤアイ

世の中に行きがかりぐらい恐ろしいものはない……と吾輩は賑《にぎ》やかな電車通りに出て考えた。井伊《いい》の掃部《かもん》様は桜田門《さくらだもん》なんか通らなかったら首無し大名なんかにならないで済んだであろうし、キリストやクレオパトラだって今の世に生まれていたら柊林《ハリウッド》あたりのステージで抱合って、監督をハラハラさしているかも知れない。俺だって十四の年に女郎買いに行ったのが振り出しで、いつの間にかコンナ犬攫《いぬさらい》のルンペンに……まあそんな事はドウでもいい。とにかく偶然ぐらい恐ろしいものは世の中にない。

ところで問題は眼の前の仕事だ。……出来るだけ美味《うま》い酒が飲めるような結論の方向へひっぱって行きたいものだが……差当って先《ま》ず、何といっても問題のフォックス・テリヤUTA《ウータ》を探し出すのが目下の急務だろう。

ところで面白い事に吾輩はそのテリアUTA《ウータ》を売付けた相手の顔をチャンと記憶しているんだ。誰でもない、大学の耳鼻科の教室で研究している羽振菊蔵という医学士だ。今の令嬢の話に出て来た通りの、いやにノッペリした気障《きざ》な野郎だが、そいつの手にU《ウ》

TA《ータ》が渡っているんだから冗《くど》いようだが偶然は恐ろしい。むろん羽振医学士は、そんな事とは夢にも知らない筈《はず》だし……イヤ、知っているかも知れないが、知っておれば尚更《なおさら》のこと、もうトックの昔に実験にかけて殺してしまっているかも知れない。

吾輩は思わず急ぎ足になった。タクシー代は勿論《もちろん》、電車賃もない、昨夜《ゆんべ》飲んでしまったんだから……。

喜劇？　悲劇？

実にいい天気だった。

いい天気だと往来を歩いている犬が多いもんだ。そいつを五六匹も攫って大学へ持って行けば八両や十両の仕事には直ぐになる。行きつけの居酒屋「樽万《たるまん》」で銘酒「邯鄲《かんたん》」の生《き》一本がキューと行ける筈なのに、要らざる処を通りかかって要らざる用事を引受けた御蔭《おかげ》で、千里一飛び、虎小走り一直線に大学へ行かねばならぬ。

断髪令嬢が、婚約中の愛人から貰った小犬を、そんな事とは知らない吾輩が攫って大学校の博士の卵に売飛ばしたバッカリに、その断髪令嬢に対して重大な責任が出来てしまった。その小犬を取返して、断髪令嬢の破れかけたハートを修繕しなければならぬ責任を、否応なしに負わされてしまった。しかもその大切な小犬を実験用に買った奴が、その令嬢の愛人の恋仇《こいがたき》と来ているんだから話がヤヤコシイ。首尾よく犬が取返せるか、返せないか。この恋が成立するかしないかという重大な責任が、千番に一番の兼ね合いで、吾輩《わがはい》の双肩にかかって来た訳だ。

棒も歩けば犬に当るとはこの事だ。

考えてみると馬鹿馬鹿しい話だ。そんな責任をイケ洒唖《しやあ》洒唖《しやあ》と吾輩に負わした彼《か》の断髪令嬢は二三時間前まで、全く見ず識らずの赤の他人だったのだ。ドコの馬の骨だか牛の骨だか、訳のわからない同士だったのだ。人間、返す返すも行きがかりぐらい恐ろしいものは無い。

探偵小説では偶然の出来事を書くと面白くないというがこれは恋愛物語なんだから構わないだろう。しかも喜劇になるか、悲劇になるかは一に吾輩の手腕一つにかかっているんだから、何の事はない、実物応用の実際小説だ。世界歴史と同様今にドンナ事が始まるかわからない。舞台監督兼主役の吾輩からして一寸先は真暗闇だ。

先ず断髪令嬢山木テル子の愛人、唖川歌夫の恋敵、羽振キク蔵君にブッカル訳だが、サテ、どんな機嫌様にぶら下るか……。

半死の小犬

サア来た。大学医学部の実験動物飼育室に来た。イヤ、どうも暑いの何のって……二重マントの袖《そで》で汗を拭《ぬぐ》い拭いしてみたが明るい外界からイキナリ、暗い飼育室に来たもんだから梟《ふくろ》みたいに何も見えない。何ともいえない劇毒薬の蒸発するような動物臭が腸《はらわた》のドン底まで沁《し》み込んで行く。世界の終りかと思えるようなエタイのわからない悲鳴が、あとからあとから耳の穴に渦巻き込む。勿体《もったい》なくも市内第一流の桃色ローマンスの糸の切端《きれはし》がコンナ処に落込んでいようなんて誰が想像し得よう。先ず一息入れて落付いてみる事だ。

居る居る。猫だの犬だのモルモットだのがウジャウジャ居る。雛《ひよ》ッ子を育てるような金網の籠《かご》に犬は犬、猫は猫と二三匹か四五匹宛《ずつ》入れた奴がズーッと奥の方まで並んでいる。鶏《にわとり》も居るし小羊も居る。奥の方から羽二重《はぶたえ》を引裂くような声が聞こえる処を見ると、猿を飼っている贅沢《ぜいたく》な奴が居るらしい。まさか青二才の博士の卵が、猿の睾丸《きんたま》を使って若返り法を研究しているのじゃあるまい。

そんな動物連中の排泄《はいせつ》物や、体臭や、猛烈に腐敗した食餌の落零《おちこぼ》れの発酵瓦斯《がす》で、気が遠くなるほど臭い上に、ギャアギャアワンワンニャーニャーガンガン八釜《やかま》しい事夥《おびただ》しい。その中でも犬の鳴声が圧倒的に大多数なのは吾輩の努力が与って力がある訳で、心強いことこの上なしだ。その金網籠の一つ一つに、それぞれ所有主《もちぬし》の木札が附いている奴へ、番人が、それぞれに餌《え》を遣っている。この番人が犬や猫へ遣る御馳走《ごちそう》をチョイチョイ抓《つま》んでいる事実を知っているのは吾輩だけかも知れないが、しかし又、こいつが居ないと、博士の卵連中が、研究室とかけ持ちで動物の世話をしなくちゃならないのだから文句は云えない。吾輩みたいに無代価で攫《さら》って来たシロモノを売りつける癖の附いた人間から見れば、この金網の番人なぞは、よっぽど尊敬していい訳だ。だから吾輩はいつでも出会うたんびに山高帽をチョッと傾けて敬意を表する事にしている。上には上があると思ってね。

ところでその金網籠に附けた木札を覗《のぞ》きまわってみると在った在った。ハブリと片仮名で書いた木札を附けた犬の籠が片隅に十ばかり固まっている。どうも恐ろしく犬ばかり集めたもんだと思ったが、よく見るとドレモコレモ見覚えのある犬ばかりだ。果然、羽振医学士閣下は吾輩の上華客《じょうとくい》だった事を思い出した。ブルテリヤ、狆《ちん》、セッター、エアデル、柴犬《しばけん》なぞ。飼犬の豪華版みたいだが心配する事はない。どれもこれも純粋種なんか一匹も居ないのだからヤヤコシイ。いい加減というよりも寧《むし》ろミジメな位の混合種ばかりが、尻尾振り合うも他生の縁という訳でギャンギャンキャンキャン吠《ほ》え合っていたものだが、そいつが吾輩の顔を見ると一斉に吠えるのを止めて、尻尾を振り振り金網に立ちかかって来た。

吾輩は胸が一パイになった。タッタ二時間、三時間のおなじみでもチャント記憶しているから感心なものだ。勿論、吾輩の顔や風態を見覚えている訳ではなかろう。亜歴山《アレキサンデル》大王は身体に薔薇《ばら》の臭いがしたという位で、吾輩みたいな偉人の体臭は、犬にとっても忘れられないものがあると見える。

その中にタッタ一匹、歓迎の意を表しない奴が居る。隅っ子の特別の金網に入れられて息も絶え絶えに屁古垂《へこた》れている汚ならしいフォックス・テリヤだ。見忘れもしないこの間、山木混凝土《コンクリート》氏の玄関前から掻《か》っ攫《さら》った一件だ。

色男医学士

吾輩はツカツカとその金網に近づいてブルブル震えている犬《やつ》を抱き上げた。犬さえ見付かれや他に用は無い。持って帰って山木テル子嬢に引渡せばいい……と思って抱き直すトタン犬の肋骨《ろっこつ》がゾロッと手に触ったのでゾッとしてしまった。見るとアンマリ弱り方が甚しい。骨と皮ばかりになっている上に、鼻の頭がカラカラに乾いてしまって、瞳《どう》孔《こう》の開いた眼脂《めやに》だらけの眼で悲しそうに吾輩を見上げているが尻尾《しっぽ》を振る元気も無いらしい。一体これはどうした事かと、明るい窓の下へ持って行ってよく見ると、弱っている筈だ。咽喉《のど》を切り開いて金属製の鵯笛《ひよぶえ》みたいなものを嵌《は》め込まれている。その小さいブリキ板の中央の穴からスウスウと呼吸をしているのが如何《いか》にも苦しそうだ。よくジフテリヤに罹《かか》った子供が、咽喉が腫《は》れ塞《ふさ》がって咽喉切開の手術をされたあとに嵌めてもらっているアレだ。こうした錻力《ぶりき》製の呼吸孔の事を医学用語ではカニウレと云うのだが、和訳したら金属製咽喉笛とでもなるのかな。

さてはこのフォックス・テリヤ氏、UTA《ウータ》君はジフテリヤにでも罹ったのかな。そうとすればこの容態ではトテモ助からない。おまけに熱も相当に在るようだが……弱ったな。黙って持って行くつもりだったが、コンナ容態では持って帰るうちにグウタになっちまうかも知れない。ハテ、何とか方法は無いものか……と、ガタガタ震えている犬を抱えてシキリに考えているところへ、背後から音もなく猫のように忍び寄って来て、吾輩の肩にソット手を置いた奴が居る。振返ってみると、タッタ今考えていた当の本人の羽振医学士だ。悪いところへ来やがったと思ったが、しかし何度会ってもいい男だ。毛唐で破廉恥脳《バレンチノ》という女たらしの映画俳優が居たがソイツによく肖《に》ている。頭をテカテカに分けて白い診察服を着込んでいる恰好《かっこう》はモウ立派な博士様だ。

「……今日は……鬚野先生。いい犬が見付かりましたかね」

「イヤ、今日は駄目だ。それよりもこの犬はドウしたんかい。ジフテリヤでもやったんかい」

「アッ、この犬ですか」

「知っとるのかい、この犬を……」

「存じております。一ヶ月ばかり前に頂戴《ちょうだい》しましたフォックス・テリヤで……」

「そうじゃない。この犬がどこの家の犬だか知っとるのかと云うんだよ……君が……」

「…………」

羽振医学士の顔がサット青くなった。どうやら知っているらしい眼の玉の動かし方だ。

「知らん筈はないじゃろう。あの家《うち》の犬ということを」

「存じません。ドコの犬だか……貴方《あなた》がどこかからかお持ちになったのですから……」

「この犬は山木テル子さんの犬だよ」

「ヘエ、山木テル子さん……存じませんな、ソンナ方……」

「ナニ知らん……」

「ハイ、まったく……その……」

「ウン、キット知らんか……」

「……ぞ……ぞんじません。そんな方……まったく……」

博士の卵が汽車の信号みたいに青くなったり赤くなったりした。しかし汽車の信号でも何でもモウ相場がきまっている。自分が結婚を申込んだ女の名前を忘れるようなウンテレガンが在るもんじゃない。コイツは多分、この犬の名前がウータといって、自分の恋敵、啞川歌夫からテル子嬢に贈ったものである事もチャンと知っていやがるに違いない。そいつを承知でコンナ非道《ひど》い眼に合わせて、いい気持になっている事が吾輩にわかったら事が面倒だと思って、障らぬキチガイ祟《たた》りなし式に、最初から警戒しいしい口を利いているのだろう。コンナ誠意のない奴にあの親孝行無双の断髪令嬢を遣る訳には断然イカン。

「フン、知らんなら知らんでええ。その代りにこの犬の病気を出来るだけ早く治癒《なお》せ」

「アッ。そ……そいつはドウモ……」

「出来んと云うのか」

吾輩の見幕を見た羽振医学士がブルブル震え出した。すこしずつ後退《あとしざ》りをし始めた。

「ハ……ハイ。それはソノ……結核の第三期にかかっておりますので……ハイ……」

「変な事を云うな。最初から第三期か」

「イエ。その最初が初期で……その次が第二期で……」

「当り前の事を云うな。篦棒《べらぼう》めえ。最初から結核だったのか、この犬は」

「ソ……それがソノ……実験なんで……」

「何の実験だ……」

「それがソノ……今までジフテリヤにかかって手遅れになりますと、咽喉切開をして、その切開した部分へコンナ風にカニウレを嵌めます。ところがそのカニウレの穴から呼吸をすると色々な呼吸器病にかかる事がありますので……」


アンマリ真面目腐って講釈をするもんだから吾輩《わがはい》はちょっと嘲笑《あざわら》ってみたくなった。

惜しい鼻柱

「フウム。このカニウレを嵌めた奴は人間でも犬猫でもこの通りチョット高襟《はいから》に見えるから、一つ流行らしてやろうかと思っていたところじゃが、そんなに有害なものかのう」

「人間の鼻というものは実に都合よく出来ておりますもので……」

「当り前だ。バレンチノだって鼻で持っているんだ。羽振先生だってそうだろう」

羽振先生、思わず自分の鼻を撫《な》でた。聊《いささ》かバレンチノを自覚していると見える。

「その……当り前でして……鼻の穴の一番前に鼻毛がありまして、その奥に粘膜がありま す。それから咽頭《いんとう》を通って空気を吸込みますので、その間に色々な黴菌《ばいきん》や、塵埃《ほこり》が、鼻毛や粘膜に引っかかって空気がキレイになります上に、適当な温度と湿気を含んで、弱い、過敏な咽喉を害しないように出来ておりますので……」

「ウン。成る程のう……ところで加賀の国の何代目かの殿様は、家老や奥女中から笑われるのも構わずに鼻毛を一寸以上伸ばして御座ったという話だが、アレは君が教えたのか」

バレンチノが長い、ふるえたタメ息をした。

「ヘエ。存じませんが……そんな方……」

「よく知らん知らんと云うのう。それじゃ鼻毛のよく伸びる奴は、大てい女好きで長生きをするものだが……俺なんかは無論、例外だが……アレはやっぱりホルモンの関係じゃないのか」

「サア、わかりませんが。研究中ですから……」

「そんな研究ではアカンぞ」

「ヘエ、相済みません」

「俺に謝罪《あやま》ったって始まらんが……それからドウしたんだ今の話は……」

「ヘエ、何のお話で……」

「アタマが悪いのう君は……イクラか蓄膿症《ちくのうしょう》の気味があるんじゃないか君は……それと

もアデノイドか……」

「そんな事は絶対に御座いません」

「成る程、君はその方の専門だったね、失敬失敬。今の鼻毛の話よ。鼻毛は健康の礎《もとい》……ホルモンのメートルだという……」

「ヘエ、そうなんで……ところがその咽喉に有害な黴菌や塵埃を含んだ乾燥したつめたい空気をこのカニウレから直接に吸込みますと、直ぐに咽喉を害しますので、そこへ色々な黴菌がクッ付いて病気を起します。この犬なぞも御覧の通り切開手術をしてやりますと間もなく結核を感染しまして……」

「成る程。それが実験なのか」

「左様で。切開手術の練習にもなります」

「フン。余計なオセッカイずくめだな。君の実験は……」

「どうも相済みません」

「よくあやまるんだな君は……ところでこの犬結核はドウなるんだ」

「ハイ。いよいよカニウレが有害な事がわかれば、その次には羽振式のカニウレを作りまして、決してソンナ心配のないように致しますので……」

羽振学士の顔色が、ダンダンよくなって来た。

「ふうむ。ソレ位の事で博士になれるのか」

「なれる……だろうと思いますので……」

「うむ。マアなるつもりでセイゼイ鼻毛を伸ばすがいい。ところで改めて相談するが、この犬の結核を何とかして治癒《なお》す訳には行かんのか」

「さあ。コイツは一寸《ちょっと》なおりかねます」

「博士になれる位なら、犬の結核ぐらいは何でもなく治癒せるじゃろう」

「ハハハ。なんぼ博士になりましても、コンナ重態の奴はドウモ……」

「モトモト君が結核にしたんじゃないか……この犬は……」

「……そ……それはそうですけれども、治癒すとなりますとドウモ……」

「ふうむ。そんなら君は病気にかける方の博士で、治癒す方の博士じゃないんだな」

「……そ……そんな乱暴なことを……モトモト実験用に買った犬ですから僕の勝手に……」

「……黙れ……」

「…………」

「いいか。耳の穴をほじくってよく聞けよ。貴様は空呆《そらとぼ》けているようだが、貴様がこの頃、婚約を申込んでいる山木のテル子嬢はなあ、この犬を洋行土産に呉《く》れた唖川歌夫……知っているだろう、貴様の恋敵に対して済まないと云って、泣きの涙で日を暮らしているんだぞ。その犬が自宅《うち》に居ないと歌夫さんに来てもらえないと云って瘠せる程苦労しているんだぞ。その真情に対しても貴様はこの犬を全快させる義務があるんじゃないか。貴様は貴様の愛する女の犬を結核に罹《かか》らせてコンナに骨と皮ばかりに瘠せ衰えさせるのが気持がいいのか。それともこの犬が偶然に手に入ったのを幸いに、知らん顔をして実験にかけて弄《なぶ》り殺しに殺して、唖川小伯爵と山木テル子嬢の中を永久に割こうという卑劣手段を講じているのか」

「……そ……そんな乱暴な……メチャクチャです。貴方の云う事は……ボ……僕と……そ……そのテル子嬢とは……マ……全く無関係……」

「ナニ卑怯《ひきよう》なッ……」

吾輩は思わず犬を放り出して羽振学士の横面《よこつら》を力一パイ喰《く》らわせた。和製バレンチノが一尺ばかり飛上って、傍の猫の籠《かご》の上にブッ倒れて、そのままグッタリと伸びてしまった。その拍子に鉄網《かなあみ》の蓋《ふた》が開いて、猫が二三匹ハヤテのように外へ飛出した。

吾輩はその猫と一緒に動物飼養場を飛出した。

アトから聞いたところによると羽振学士は、大切な鼻の骨が砕けて重態に陥ったので、早速、直ぐ近くの大学耳鼻科へ担ぎ込んで、お手の物で修繕したので、間もなくモトの鼻以上の立派な鼻をオッ立ててピンピン歩き出したという事であるが、考えてみると殴った場所が悪かった。モット取返しの附かない処で、鼻柱を引っ剝《ぺが》しておけばよかった。

アンナ卑怯な奴が博士になったら何をするかわからない。

街頭劇名監督

少々荒療治ではあったが山木断髪令嬢の愛犬UTA《ウータ》を中心として渦巻くピンク色ローマンスの半分は、これで片付いたようなもんだ。吾々《われわれ》のルンペン道は甚だ簡明直截《ちょくせつ》である。

名誉や金銭に縛られて心にもない妥協をしたり苟合《こうごう》したり、腐敗したり、堕落したりして、純真な恋を踏み躙《にじ》ったり、引歪《ひきゆが》めたり、売物買物にしたりする紳士淑女たちの所謂《いわゆる》、社交道徳なんていうものとは根柢《シキ》が違うんだ。アッパカットか……キッスか……この二つ以外に行く道はないんだ。天道様《てんどうさま》と青天井以外に頭を下げる者がないから自然、物事がそうなるんだ。清浄潔白なもんだ。

吾輩はそうしたルンペン道の代表者である。ユキアタリ・バッタリ映画、オール・トーキー、天然色、浮出し、街頭ローマンスの名監督である。純真生《き》一本の恋以外には取上げない運命の神様である。だからその純真生一本の盲目の恋だったらイッ何時《なんどき》でも引受る。身分が何だ。財産が何だ。名誉が何だ。そんなものは犬に喰《く》われろだ。丸裸になって青天井の下で抱き合えだ。……アハハハ……と笑い出したら、そこいらで遊んでいた子供連がバラバラと軒の下へ逃込んだ。アハハ。少々キチガイじみていたかな。

裸体女四五人

ところで少々腹が北山になって来た。どこかで飯を喰って、将来の方針をトックリと一つ考えてみる事にしよう。何をいうにも羽振学士をナグリ飛ばして、肝腎《かんじん》カナメのU《ウ》T《ー》A《タ》を放《ほ》ったらかして万事を絶望状態に陥れて来たばかりのところで、将来の筋書がまだチットモ出来ていないんだから困る。野球なら満塁《フルベース》ツースリーというところだろう。

ここで飯を喰って考えなくちゃ嘘だ。

篦棒《べらぼう》めえ、キチガイだって腹は減るんだ。猿の出世したのが人間で、人間の立身したのがキチガイで、キチガイの上が神様なんだから、まだ全智全能とまでは行きかねる吾輩だ。腹が減って相談相手が欲しくなるのは当り前だ。

どこか美味《うま》そうな安いものを売っている店はないか知らんとそこいらを見まわしたが、何しろ学校の近くだから見渡す限り本屋、文具屋、牛乳店、雑貨商みたいなものばかりだ。腹の足しになりそうな店なんか一軒もない。

ところがそこから二三十歩あるく中《うち》に……見付かった。狭い横路地のズッと奥の行止りの処に赤い看板が見える。近寄ってみると真赤な硝子《がらす》に金文字で「御支那料理」「上《シャン》海亭《ハイてい》」と書いて在る。どうせインチキの支那料理だろうと思って近寄ってみると豈計《あにはか》らんや、インチキでない証拠に、店の張出し窓の処にワンタン十銭、シウマイ十銭、チャアシュウ十銭、支那ソバ五十銭と書いた木札を立てて実物が陳列して在る。その上の棚に色んな形の洋酒の瓶がズラリと並んでいるが、コイツも本物とすれば大したものだ。吾輩《わがはい》の咽喉《のど》がキューと鳴った。先《ま》ず劈頭《へきとう》のヒットを祝するつもりで一杯傾けるかナ。表の硝子扉を押して中に這入《はい》ると真暗だ。おまけにシインとしていて鼠一匹動かない。

コンナ飲食店はお客が這入ると直ぐに黄色い声で「イラッシャイ」と来ないと這入る気にならないもんだ。ドンナ名医でも病室に這入ると直ぐに「イカガデス」とニッコリしない奴は、病人の方でホッとしないもんだ……何《なん》かと考えながらアンマリ静かなので不思議に思って、直ぐ横の自由蝶番《ちょうつがい》になった扉をグーッと押開くと驚いた。

瓦斯《がす》ストーブの臭気が火事かと思うほどパアッと顔を撲《う》った。

同時に耳の穴に突刺さるような超ソプラノが、一斉に「キャーッ」と湧起《わきおこ》ったと思うと、若い女の白い肉体が四ツ五ツ、揚板をメクられた溝鼠《どぶねずみ》みたいに、奥の方へ逃込んで行った。

お客様を見てキャーッと云う手はない。しかもダンダン暗がりに慣れて来た眼でそいつ等の後姿を見ると、揃いも揃った赤い湯もじ一貫の丸裸体《まるはだか》で髪をオドロに振乱しているのには仰天した。真昼さ中から化物屋敷に来たような気持になってしまった。

部屋の中は天井から床まで赤ずくめで、赤漆塗の卓が四ツ五ツ排列して在る間に、赤《あか》唐紙《とうし》張の屏風《びょうぶ》が仕切ってある。その片隅の大きな瓦斯暖炉の前の空隙《すきま》に、籐《とう》の安楽椅子が五ツ六ツ並んで、五月だというのに瓦斯の火がドロドロと燃えている。

四壁に沁《し》み込んだ脂肪と薬味の異臭が引切りなしに食慾《しょくよく》をそそる。

やっぱり支那料理屋かな。

クシャミ行列

めんくらった吾輩がポカンとなったまま部屋のマン中に突立っていると、奥の方の料理部屋らしい処で声がする。向うでは聞こえないつもりらしいが、よく聞こえる。今の女連中の声だ。

「……表の扉《と》をナゼ掛けとかなかったの」

「困るわねえ。今頃来られちゃ」

「ああ怖かった。まるで熊みたい……ビックリしちゃったわ」

「まだ居るの」

「ええ。あそこに突立ってギョロギョロ睨《にら》みまわしているわよ」

「イヤアねえ。何でしょう、あの人……」

「あれルンペンよ。物貰《ものもら》いよ」

「誰か一銭遣って追払って頂戴《ちょうだい》よ」

「だってこの恰好《かっこう》じゃ出られやしないわ」

「お神さんどこに居んの」

「二階に午睡《ひるね》してんのよ」

「お初ちゃん呼んで頂戴……一銭遣って頂戴って……ね……」

「早くしないと何か持ってかれるわよ。早くさあ」

と云ううちにミシミシと二階へ上って行く足音がする。

きょうは妙な日だ。

百万長者の娘に平身低頭されて、支那料理屋の女に泥棒扱いにされる。

「ああ寒……急に寒くなっちゃった」

「ストーブの傍に居たからよ」

「……おお寒い。風邪を引いちゃった。ファックシン」

「あたしも寒くなっちゃった。ヘキスン……ヘッキスン……」

「ハックシン……フィックシイン。風邪が伝染《うつ》ったよ」

「ファ――クショォ――ン。ウハァ――クショ――ン……コラ……」

「ホホホ。乱暴な嚏《くしゃみ》ねえ。アンタのは……」

「ああ。涙が出ちゃった」

「まだ洗濯物……乾かないか知ら……」

「一度に洗濯するのは考えもんよ」

「だって隙《ひま》がなけあ仕方がないわ」

「あんまりお天気が良過ぎたのが悪かったんだわ」

二階から二人ばかり足音《と》が降りて来た。

「呆《あき》れたねえ。何故表の扉をシッカリ締めとかなかったの……折角ヒトが良《い》い気持ちで寝てたのに……フィックシイン……」

と云う女将《おかみ》らしい声がして、コック部屋兼帳場の入口の浅黄色の垂幕の蔭《かげ》から、色の青黒い、眦《まなじり》の釣上った、ヒステリの妖怪《おばけ》じみた年増女の顔が覗《のぞ》いたと思うと、茫然《ぼうぜん》として突立ている吾輩とピッタリ視線を合わせた。

「アラッ……先生じゃ御座いませんの……まあ……お珍らしい……よくまあ」

と云ううちに浅黄色の垂幕を紮《から》げて出て来た。生々しい青大将色の琉球《りゅうきゅう》飛白《がすり》を素肌に着て、洗い髪の櫛巻《くしまき》に、女たちと同じ麻裏の上草履を穿《は》いている。コンナ粋な女に識合いはない筈《はず》だがと、吾輩が首をひねっているにも拘わらず、女将は狃《な》れ狃れしく近寄って来て、溢《あふ》るるばかりの愛嬌《あいきょう》を滴《したた》らしながら椅子をすすめた。

拳骨辻占

「まあ……どうも飛んだ失礼を致しまして……場所慣れない若いものばかりなもんですから……お見外《みそ》れ申しまして……さあどうぞ……ほんとにお久し振りでしたわねえ。御《ご》無沙汰《ぶさた》ばかり……」

「馬……馬鹿云え。お珍らしいって俺あ初めてだぞ。お前みたいな人間には生れない前から御無沙汰つづきなんだぞ……テンデ……」

「オホホホホホホ……」

　女将の嬌笑が暗い部屋に響き渡った。その背後《うしろ》の浅黄幕の間から、ビックリ人形じみた女たちの顔が、重なり合って覗いている。

「オホホホ……恐れ入ります。まったくで御座いますよ先生。この町中の水物屋で、先生のお顔を存じ上げない者は御座いませんよ」

「ハハア。俺に似た喰逃《くいにげ》の常習犯でも居るのか……」

「まあ、御冗談ばかり……それどころでは御座いませんよ先生。先生のお払いのお見事な事は皆、不思議だ不思議だって大評判で御座いますよ」

「ううむ。扨《さて》は夜稼《よかせ》ぎ……という訳かな」

「それ許りでは御座いませんよ。いつも一杯めし上ると声色《こわいろ》使いや辻占《つじうら》売り、右や左なんていう連中にまで、よくお眼をかけ下さるので、そのような流し仲間では先生のお姿を拝んでいるので御座いますよ。先生は福の神様のお生れ変りで、いつもニコニコしておいでになるから縁起がよいと申しましてね。どこの店でも心の中で先生のお出でを願っているので御座いますよ先生……」

「……ああ、いい気持ちだ。汗ビッショリになっちゃった。本気にするぜオイ……」

「嫌で御座いますよ先生。私がまだ十一か十二の時に、両親の病気を介抱しいしいコチラの遊廓《ゆうかく》で辻占を売っておりました時分に……」

「アッ。君はあの時の孝行娘さんかえ。これあ驚いた。そういえばどこやらに面影が残っている。非道《ひど》いお婆さんになったもんだね」

「まあ。お口の悪い……でも先生はあの時からチットも御容子《おようす》がお変りになりませんわね。昔の通りのお姿……」

「アハハ。貴様の方がヨッポド口が悪いぞ。変りたくとも変れねえんだ」

「アラ。そんな事じゃ御座いませんわ」

「おんなじ事じゃないか」

「……でも、そのお姿を見ますとあの時の事を思い出しますわ。『ウーム。貴様が新聞に出ていた孝行娘か。こっちへ来い。美味《うま》いものを喰《く》わせてやる』と仰言《おっしゃ》って、お煙草盆に結った私の手をお引きになって、屋台のオデン屋へ連れてってお酌をおさせになるでしょう。それから私の手をシッカリ摑《つか》んで廓の中をよろけ廻りながら御自分で大きな声をお出しになって『河内《かわち》イ――瓢簞山稲荷《ひょうたんやまいなり》の辻占ア――ッと……ヤイ。野郎……買わねえか』と云う中《うち》に通りすがりの御客を、お捕まえになるでしょう。あんな怖い事は御座いませんでしたわ。『何をパチクリしていやがるんだ篦棒めえ。マックロケのケエの手習草紙みたいな花魁《おいらん》の操《みさお》に、勿体《もったい》ない親御様の金を十円も出しやがる位なら、タッタ二銭でこの孝行娘の辻占を買って行きやがれ。ドッチが無垢《むく》の真物《ほんもの》だか考えてみろ。ナニィ、五十銭玉ばっかりだア。嘘を吐《つ》け。蟇口《がまぐち》を見せろ。ホオラ一円札があるじゃないか。コイツを一枚よこせ。釣銭なんかないよ。お釣が欲しかったら明日《あした》の朝、絹夜具の中で花魁から捻《ね》じ上げろ。ナニ、高価《たけ》え？……シミッタレた文句を云うな。勿体なくも河内瓢簞山稲荷の辻占だ。罰が当るぞ畜生。運気、縁談、待人、家相、病人、旅立の吉凶《よしあし》、花魁の本心までタッタ一円でピッタリと当る。田舎一流拳骨《げんこつ》の辻占だ。親の罰より覿面《てきめん》にアタル……この通り……ポコーン……』とか何とか仰言って、買ってくれた人の横ッ面を……」

「ハハハ。そんな事があったっけなあ。酔払っていたものだから忘れてしまったわい」

支那料理

「あれから私いろいろと苦労致しましたわ。両親に死別れてから芸妓《げいしゃ》になったり、落語《はなし》家《か》の兄さんとくっ付いて料理屋を始めたり、それから上海に渡って水商売をやったりして、いくらか大きく致しておりますうちに、上海の戦争で亭主の行方がわからなくなりますし、御贔屓《ひいき》の旦那《だんな》様からは見放されるしでね。いくらかスコ焼けになりまして……私を見放した人には怨《うら》みが残っておりますし、ここに居ります娘さん達が、私から離れませんものですから、一つ乗るか反るかで日本へ帰りまして、やっと二三箇月前にこんな横ッチョへ店を開きましたのに、モウ先生がお出で下さるなんて縁起がいいどころじゃ御座いませんわ。あたしゃ嬉《うれ》しくって嬉しくって、胸がモウ一パイ……」

と云ううちに吾輩《わがはい》の胸へ縋《すが》り付きメソメソ泣き出した。

「いい加減にしろよ。若い女たちが見てるじゃないか。モウ一遍俺の手に縋って辻占を売りに出る年でもあるめえ」

「……これからもドウゾこの店の事を、よろしくお頼み申上ます……誰も……どなたも……相談相手になって下さる方がないのですから」

「フウム、成る程。そういえば何もかも新しいようだナ。何だってコンナ処に支那料理屋なぞ作ったんだ」

「ホホホ。恐れ入ります。どうも表通りにはいい処が御座いませんので、それに支那料理なんて申しますと、どうも横町じみた処が繁昌《はんじょう》いたしますようで……」

「イカニモなあ、ところでホントに支那料理が在るのか」

「オホホ。御冗談ばかり。チャント御座いますわ」

「怪しいもんだぜ。真昼間、表を閉めて、女将さんが二階でグウグウ午睡《ひるね》をしている支那料理といったら大抵、相場はきまってるぜ」

「ホホ。相変らずお眼鏡で御座いますわねえ。どうぞ御遠慮なく御贔屓に……へへへへ……」

「変な笑い方をするなよ。今日は飯を喰いに来たんだ。腹が減って眼が眩《くら》みそうなんだよ」

「……まあ……気付きませんで……御酒《ごしゅ》はいかが様で……」

「サア。酒を飲むほど銭があるかどうか」

「ホホホ。御冗談ばかり。いつでも結構で御座いますわ。見つくろって参りましょうね」

「ウム。早いものがいいね。それから今のお嬢さん達もこっちへ這入《はい》って火に当らせたらどうだい。相手は俺だから構うことはない。裸体《はだか》ズレがしているルンペン様だから恥かしい事はないよ。素裸体《すっぱだか》の方が気楽でいいんだ。序《ついで》に生命《いのち》の洗濯をさしてやろう。面白い話があるんだから……」

「オホホ。あの子たちは今日お天気がいいもんですから、お客の少ない昼間のうちに申合せて着物のお洗濯をしているのですよ。その着換えが御座いませんので、仕方なしにゆもじ一つでストーブへ当っておりますところへ、先生が入《い》らっしゃったもんですから、ビックリして逃げて行ったので御座いますよ。ホホホ。でもねえ、まさか先生の前に裸体で出られやしませんからね、若い女ばかりですから……」

「馬鹿云え。先祖譲りの揃いの肉襦袢《にくじゅばん》が何が恥かしいんだ。俺だってこの二重マントの下は褌《ふんどし》一つの素っ裸体なんだぞ。構わないからみんなこっちへ這入らせろ」

「ホホホホホホホホ。かしこまりました」

女将は嬌笑しいしいイソイソとコック部屋へ引上げると間もなくポーンと瓦斯《がす》焜炉《こんろ》へ火の這入る音がした。この家《うち》の支那料理は女将が自身で作ると見える。序にヒソヒソと女達へお説教をしている声がハッキリと聞えて来る。

「サアサアみんな先生の処へ行っといで。あの先生を知らないのかい。鬚野先生と云って有名な方だよ。トテモさっぱりしたお方なんだよ。弱い女や貧乏人の味方ばっかりしておいでになる福の神様なんだよ。先生に顔を見覚えて頂くだけでキットいい事があるんだよ」

「だって女将《おかみ》さん……」

「何ぼ何だってこのままじゃあんまりだわ」

吾輩は隙《す》かさず立上って怒鳴った。

「ナアニ構わん構わん。そのまんまでこっちへ這入れ。お前たちと話してみたいんだ。俺が今引受けている素敵なローマンスの話をして、お前たちの意見を聞いてみたいんだ。這入れ這入れ。這入ってくれ。風邪を引くぜ」

「……ほら……ね。あんなに仰言るんだから構わないんだよ。あの先生は人間離れした方なんだから。恥かしい事なんか無いんだよ」

「さあさあイラハイイラハイ。大人は十銭、子供は五銭、ツンボは無代償《ただ》。吾輩がこれから自作の歌を唄《うた》って聞かせる。ルンペンの歌だ。裸ん坊の歌だ。昭和十年の超人の歌だ。エヘンエヘン。さあさあ這入って来たり這入って来たり。

ああああああああア
歌が聞きたけあア——野原へお出《い》でエ——
青空の歌ア——恋の歌ア——
あああああああア
生命《いのち》棄てたけア——満洲へお出でエ——
遠い野の涯エ——河の涯エ——

アハハハハ。どうだい。いい声だろう。出て来なけあ、まだまだイクラでも唄ってやるぞ。ハハハハハハ」

ソッと聞いていた女たちが、一人一人恐る恐る眼をマン丸にして這入って来た。吾輩の歌に感心したらしく、気抜けしたような恰好《かっこう》で、吾輩の周囲《まわり》を取巻きながら、椅子に腰を卸した。

そうして一心に吾輩の姿を見上げている半裸の若い女たちの姿を見まわすと吾輩は、森の妖精《ニンフ》に囲まれた半獣神《パン》みたような気持になった。

「いい声ねえ。おみっちゃん」

「上海《しゃんはい》にだって居ないわ」

「惜しいわねえ。コンナに町をブラブラさして……ホホ」

……ソレ見ろ……と吾輩はすこし得意になった。イキナリ椅子から立上って山高帽を冠り直したもんだ。

「エエ。こちらはJORK東京放送局であります。只今《ただいま》……エート……只今午後二時二十七分から、支那料理が出来上ります。空腹のお時間を利用して、昼間演芸放送を致します。演題は『街頭歌二曲』、最初は野尻雪情《のじりせつじょう》氏作『銀座の霧』、次は南原黒春《みなみはらこくしゅん》氏作『赤い帽子』、デタラメ・レコード会社専属鬚野房吉氏作曲、自演……了々軒ストーブ前から中継放送……誰だい手をタタク奴は。

銀座の霧

夜の銀座にふる霧は　ほんに愛《いと》しや懐かしや
敷石濡らし灯《ひ》を濡らし可愛いあの娘《こ》の瞳《め》を濡らす
夜の銀座にふる霧は　ほんに嬉しや恥かしや
帽子を濡らし靴濡らし　握り合わせた手を濡らす

赤　い　帽　子

この世は枯れ原スキ原　ボーボー風が吹くばかり
赤い帽子を冠ろうよオ――
赤い帽子が真実《ほんとう》の　タッタ一つの泣き笑い
道化踊りを踊ろうよオ――

ああくたびれた」

「お待遠様《まちどおさま》。やっとお料理が出来ました。御酒《ごしゅ》は何に致しましょうか。老酒《ラオチユ》、アブサン、サンパンぐらいに致しましょうか」

「ウワア。そんなに上等の奴はイカン。第一銭が無い」

「オホホ。恐れ入ります。御心配なさらなくともいいんすよ。これはJORKからのお礼ですから」

「そんなに煽《おだ》てると今度は踊りたくなるぞ」

「どうぞ今日はお願いですから御存分に皆を遊ばしてやって下さいまし。さあさあお前達は何をボンヤリしているの……お酌をして上げなくちゃ」

「アハハ。これあ愉快だ。裸一貫のお酌は天《あま》の岩戸《いわと》以来初めてだろう」

「妾《わたし》にもお盃《さかずき》を頂かして下さい」

「オイ来た。ところでお肴《さかな》に一つ面白い話があるんだが聞かしてやろうか」

「相済みません。先生にお酌を願って……どうぞ伺わして下さい」

「ウム。スレッカラシの君が聴いてくれるとあればイヨイヨありがたい。アハハ、憤《おこ》るなよ。スレッカラシというのは世間知りという意味だよ」

「面白いお話って活動のお話ですか」

「そんなチャチなんじゃない。ありふれた小説や芝居とは違うんだ。みんな現在、お前さんたちの眼の前で……この吾輩《わがはい》の椅子の上で進行中の事件なんだ。しかも、そこいらの活動のシナリオよりもズット面白い筋書が現在こうして盃を抱えながら進行しているんだから奇妙だろう――」

「まあ。それじゃ妾たちもその事件の中で一役買っているので御座いますか」

「もちろんだとも。しかもその筋書の中でも一番重要な役廻《まわ》りを受持って、これから吾輩を主役としたスバラシイ場面を展開すべく、タッタ今活動を始めたばかりなんだ。モウ逃げようたって逃げる事が出来なくなっているんだ」

「まあ。否《いや》で御座いますよ先生、おからかいになっちゃ……気味の悪い……」

「イヤ。断然、真剣なんだ。まあ聞け……コンナ訳だ」

吾輩はそこで今朝からの出来事を出来るだけ詳しく話して聞かせた。

「どうだい。みんなわかったかい。だから詰まるところこうなるんだ。今度の事件は一切合財、みんな偶然の出鱈目《でたらめ》ばかりで持ち切っているんだ。吾輩が断髪令嬢の御秘蔵の犬と知らずに掻《か》っ払《ぱら》ったのも偶然なら、その犬を断髪令嬢の恋敵の医学士の所へ持って行って売付けたのも偶然だ。しかもその犬が世界に二匹と居ない名犬だったのも偶然なら、その犬が肺病の第三期にかかったのも偶然。そこへ羽振医学士が又、偶然に来合わせて、吾輩が振りまわす拳固《げんこ》を高い鼻の頭で受け止めたのも偶然だ。つまるところ、そこに神様の思召《おぼしめし》が働いているに違いないと思うんだが、ドウダイ議員諸君……」

議員諸君が顔と顔を見合わせ始めた。

「まあ……羽振っていう人は、あのウチへ来る医学士さんじゃないの……男ぶりのいい……ねえ女将さん」

「あのバレンチノさんよ。ね、お神さん。キットそうよ」

女将が眼を白くして首肯《うなず》きながら襟元を突越した。椅子の上から一膝《ひざ》進めた。

「まあ。只今の先生のお話は、みんな本当で御座いますの」

「何だ。今まで作りごとだと思って聞いていたのかい」

「……ド……どこに居りますの。その医学士は……憎らしい」

「オットット、そう昂奮《こうふん》するなよ。何も直接にお前たちと関係のある話じゃないだろう」

「それが大ありなんですよ、馬鹿馬鹿しい」

と女将が大見得を切った。

「ふうん。女将さんと関係があるのかい」

「あるどころじゃないんですよ。阿呆《あほ》らしい。あの羽振といったらトテモ非道《ひど》いカフェー泣かせなんですよ。男ぶりがいいのと、医学士の名刺に物をいわせて、方々のカフェーを引っかけまわって、この家《うち》にだっても最早《もう》、二百円ぐらい引っかかりがあるんですよ。新店《しんみせ》だもんですから、スッカリ馬鹿にされちゃったんですよ。口惜しいったらありゃしない」

「フーム。そんな下等な奴だったのかい、アイツは……そんならモット手非道く頰桁《ほおげた》をブチ壊してやれあよかった」

「そして……ド、どこに居るんですか」

「多分、耳鼻咽喉科《いんこう》かどっかに入院しているだろう」

「……あたし行って参りますわ。直ぐそこですから……ちょっと失礼……」

「ちょっと待て……」

「いいえ、棄てておかれません。今まで何度となく勘定書を大学に持って行ったんですが、どこに居るかサッパリわかりませんし……タマタマ姿を見付けても案内のわからない教室から教室をあっちへ逃げ、こっちに隠れしてナカナカ捕まらないのですよ。入院していれあ何よりの幸いですから……ちょっと失礼して行ってまいります」

「ま……ま……待て……待てと云ったら……いい事を教えてやる。確実に勘定の取れる方法を教えてやる。アイツは現金なんか持ってやしないよ」

「それはそうかも知れませんわねえ」

女将《おかみ》は、すこし張合抜けがしたように椅子へ引返した。

「それよりもねえ、彼奴《あいつ》の親父の処へ勘定を取りに行くんだ」

「まあ。彼奴の家《うち》を御存じですの……それがわからないお蔭《かげ》で苦労しているんですよ。誰なんですか一体、羽振さんの親御さんは……」

「知らないのかい」

「存じませんわ。教えて下さいな」

「あの有名な貴族院議員さ」

「まああああ――アアア」

五六人の女が部屋の空気を入れ換えるくらい大きな溜息《ためいき》をした。そのマン中に女将は頭を下げた。

「ありがとう御座います鬚野先生……ありがとう御座います。それさえ解れば千人力……」

「ま……ま……まあ早まるな。相手の家はわかっても、なかなかお前たち風情が行って、おいそれと会ってくれるような門構えじゃないよ。万事は吾輩の胸に在る。それよりも落付いて一杯注げ……ああいい心持になった。どうも婆《ばばあ》のお酌の方が実があるような気がするね」

「お口の悪い。若い女でも実のあるのも御座いますよ。ここに並んでおります連中なんか、上海でも相当の手取りですからね」

「アハハハ。あやまったあやまった。お見外《みそ》れ申しました。イヤ全くこんな酒宴《さかもり》は初めてだ」

「日本は愚か、上海にも御座いませんよ」

「ところでどうだい。最前からの話の筋の中で、羽振医学士の方は、吾輩の拳骨《げんこつ》一挺《ちょう》で簡単に型が付いた訳だが、今一人居る断髪令嬢の許嫁《いいなずけ》の小伯爵、唖川歌夫の方はドウ思うね、諸君。その親孝行の断髪令嬢のお婿さんに見立てて、差支え無いだろうか。吾輩は赤ゆもじ議員諸君の御意見通りに事を運びたいのだが……」

「ほんとに貴方《あなた》は神様みたいなお方ですわねえ。何もかも見透して……」

「ところが、今度の事件に限って吾輩は、すこし取扱いかねているのだ。未だその断髪令嬢の涙ながらの話を聞いただけなんでね。唖川小伯爵がドンナ人間だか一つも知らずにいるんだ。そこへ取りあえず羽振医学士にぶつかって、コイツはイケナイと気が付いたから、筋書の中から叩《たた》き出してしまった訳なんだが、しかし、これから先がどうしていいかわからないので困っているんだ」

「まったくで御座いますわねえ、わたくし共でも、見当が付きかねますわ」

「ウム。だから実は君等にこうして相談してみる気になったもんだがね、一つ考えてくれよ。いいかい。この吾輩が詰まるところ運命の神様なんだ。そうして君等の指図通りにこの事件の運命を運んでみようと思ってこうして相談を打《ぶ》っているんだ。ドンナ無理な筋書でも驚かない。ドンナ無鉄砲な場面でも作り出して見せようてんだから、一つ大いに意見を出してもらいたいね」

「……センセー……ホントに妾《わたし》たちの考え通りにして下さる？」

吾輩の横に腰をかけていた一番若い、美しい、切前髪の娘が瞳《め》を光らして云った。

「するともするとも。キットお前達の註文《ちゅうもん》通りに筋書を運んで見せるよ。実物を使って実際に脚色して行くという斬新奇抜、驚天動地の世界最初の実物創作だ。喜劇でも悲劇でもお望み次第に実演させて見せる……」

「でもねえ先生……」

女将の横に居る肥《ふと》っちょの一番肉感的な女が、細長い眉《まゆ》を昂《あ》げて、薄い唇を翻した。

「あたし疑問が御座いますわ」

「あたしもよ……どうも初めっからお話が変なのよ」

「あら、あたしもよ」

「ほう、みんな吾輩の話に疑問があるって云うんだな。ふうむ、面白い。念のために断っておくが、俺はチットばかりアルコールがまわりかけている。しかしイクラ酔っ払っても、話を間違えた事は一度も無い男だぞ」

「アラ、先生。そうじゃないんですよ。先生のお話がヨタだなんて考えてるんじゃありませんわ。先生のお話が真実百パーセントとして聞いても、あたし達の常識が受け入れられないところがあるから……」

「ウワア、こいつは驚いた。恐しく八釜《やかま》しいのが出て来た。何かい、君は弁護士試験か、高文試験でも受けた事があるのかい」

「そんなことありませんわ。これだけ五人でお給金を貯めて上海の馬券を買って、スッカラカンになったことがあるだけですよ」

「イヤ、これはどうもオカカの感心、オビビのビックリの到りだ。君等にソレだけの見識があろうとは思わなかった」

「まったくこの五人は感心で御座いますよ。上海でこの店が駄目になりかけた時に、五人が腕に撚《より》をかけて、旦那《だんな》を絞り上げて日本へ帰る旅費から、この店を始める費用まで作ってくれたので御座いますよ」

「……吾輩《わがはい》……何をか云わんやだ。この通りシャッポを脱ぐよ。君等こそプロレタリヤ精神の生ッ粋だ。日本魂の精華だ。人間はそうなくちゃならん。その精神があれば日本は亡びてもこの了々亭だけは残るよ」

「そんな事どうでもいいじゃありませんか先生。それよりも今のお話ですね」

「うんうん。どこが怪しい」

「怪しいって先生……その唖川歌夫っていう人も、いい加減気の知れない人ですけど、そのコンクリート市会議員の断髪令嬢っていうのが、一番怪しい人物だと思いますわ」

「ふうむ。これは驚いた。何で怪しい。この事件の女主人公《ひろいん》が怪しいとは言語道断……」

「あたし久し振りに日本に帰って来たんですから、今の女の人の気持はよくわかりませんけどね、ソンナに内気な親孝行な人が、そんな年頃になるまで断髪しているものでしょうか……許嫁の人から貰《もら》った犬が居なくなったといって泣くような人が……」

「フウム、これは感心したな。ナカナカ君等の観察は細かい。そこまでは考えなかった」

「ええ、きっと眉唾《まゆつば》もんよ、そのお嬢さんは……」

「あたし日本の断髪嬢嫌いよ、テンデ板に附いていないんですもの。汚ない腕なんか出して……」

「アハハ、これあ手厳しい」

「当り前よ。腕を出すんなら子供の時分から腕を手入れしとかなくちゃ駄目よ。イクラ立派な肉附きの腕だっても、葉巻のレッテルみたいな種痘《ほうそう》のアトが並んでいたり、肘《ひじ》の処のキメが荒いくらいはまだしも、馬の踵《かかと》みたいに黒ずんで固くなって捻《つね》っても痛くも何ともないナンテいう恐ろしいのを丸出しにしているのは、国辱以外の何ものでもアリ得ないと思うわ」

「ヒヤア、これは恐れ入った。国辱国辱、正に国辱。銀座街頭の女はみんな落第だ」

「上海の乞食女《やち》にだってアンナのは一人も居やしないわ。どんな男でもあの肘の黒いトコを見たら肘鉄《ひじてつ》を喰《く》わない中《うち》に失礼しちゃうわ」

「断髪だってそうよ。櫛目《くしめ》のよく通る日本人の髪を切るなんてイミ無いわ」

「まあ待て待て。脱線しちゃ困る。ほかの断髪嬢ならトモカク、あのテル子嬢の断髪なら、お母さん譲りだけあってナカナカ板に附いているぞ」

「おかしいわねえ。そんなお母さんだったら娘さんはイヤでも反感を起して日本髪に結うものだけど……妾《わたし》ならそうするわ」

「ちょいと先生。その伯爵様っていうのも妾、何だか怪しいと思うわ。先生のお話の通りだったら」

「フウン。容易ならん事がアトカラアトカラ持上って来るんだな、これあ。どこが怪しい、名探偵君……」

「だって、そんな冷淡な許嫁なんか恋愛小説にだって無いわ。せいぜい一日に一度ぐらいは訪ねて来なくちゃ嘘よ」

「それにねえ先生。その断髪令嬢のお父さんのコンクリート氏が引っぱられてからというもの、一度もそのお河童《かっぱ》さんの処に訪ねて来ないなんて、よっぽどおかしいわ」

「ねえ先生。これを要するにですねえ、先生」

女将はボオッと来ているらしい。しきりに舌なめずりをして眼を据えた。

「ウフウフ。これを要しなくたっていいよ」

「いいえ。是非ともこれを要する必要が御座いますわ。どうも先生の仰言《おっしゃ》る実物創作の筋書っていうのは、カンジンの材料《テーマ》が二割引だと思いますわ」

「ヒヤッ。材料《テーマ》とおいでなすったね。どこでソンナ文句を仕入れたんだい」

「あたしの二代前の亭主が小説家だったんですもの。自然主義の大将とか何とか云われていたんですけど、創作なんか一度もしないで、実行の方にばかり身を入れちゃって、とうとう行方知れずになったんですからね。材料《テーマ》って言葉は、その悲しい置土産なんですの」

「ふむ。自然主義なら吾輩にもわかるが、とにかくこの創作を完成しなくちゃ話にならん」

「駄目よ先生。そんな創作無いわよ。モウすこし人物を掘下げてみなくちゃ。中心になっているお河童さんの恋愛だって、本物だかどうだか知れたもんじゃないわ」

「ウーン。そういえば何だか吾輩も不安になって来た。一つ探偵し直しに行ってみるかな」

「どこから探偵し直しをなさるの」

「さあ。そいつが、まだ見当が附いていないんだ。もう一度あのお河童《かっぱ》令嬢に会ってもいい。犬のお悔みを申上げてお顔色拝見と出かけるかな」

「駄目よぉ、先生。又欺されに行くだけよ。第一印象でまいっていらっしゃるんですからね、先生は……」

「ねえ先生。思い切って小伯爵のお父さんか、お母さんに会って御覧になってはどうでしょう。そうして何も彼《か》も打明けて、意見を聞いて御覧になっては如何《いかが》でしょう」

「よし。それじゃ方針がアラカタきまったから出かける事にしよう」

「まあお待ちなさいよ。そんな恰好《かっこう》で入《い》らっしったって会えやしませんよ。伯爵なんてシロモノは……今電話をかけて来ますから……自動車を奢《おご》って上げますからね」

「エッ。自動車を奢る？」

「ええ。羽振の居所を教えて下すった、お礼ですよ。……まあ聞いていらっしゃい」

女将《おかみ》が何かしらニコニコ笑って立上った。コック部屋の横の帳場に坐《すわ》り込むと、電話帳を調べてから念入りにダイヤルをまわした。

特別に品のいいオリイブ色の声を出した。

「モシモシ、モシモシイ。唖川伯爵様のお宅でいらっしゃいますか。ハイハイ、コチラはねえ、アノこちらはねえ、大学前の自働電話で御座いますがねえ……ハイハイ。私はねえ、唖川様の若様を存じ上げております女で御座いますがねえ……」

貞操オン・パレード

「あのモシモシ……私は或《あ》る女で御座いますがねえ。ホホホ。それは申上げかねますがねえ。アノ若様は……そちらの小伯爵様は只今《ただいま》、御在宅でいらっしゃいますか。……ハイハイ。あの三週間ばかり前から御不在……あら、左様でいらっしゃいますか……どうも相すみません。こちらはアノ。その若様の代理で御座いますがねえ。ハイ間違い御座いません。それでお電話を差上るので御座いますが……その若様の御身《おみ》の上について大切な御報告を申上げたい事が御座いますので……ハイハイ。どうぞ恐れ入りますが伯爵様へ直接にお取次をお願い致したいので御座いますが……ハイハイ。かしこまりました……」

女将は平手で電話口を蔽《おお》いながら、吾輩をかえり見てニタリと笑った。

「何だ小伯爵は失踪《しっそう》してるのかい」

「ええ。そうらしいんですよ。唖川《おしがわ》家は大変な騒ぎらしいんですよ。今出て来た三太夫《さんだゆう》の慌て方といったらなかったわ」

「ウム。よく新聞記者に嗅《か》ぎ付けられなかったもんだな」

「まったくですわねえ。でもコッチの思う壺《つぼ》ですわ」

「ウム。面白い面白い。その塩梅《あんばい》では秘密探偵か何かがウンと活躍しているだろう」

「ウチ鬚野先生をスパイじゃないかと思ったわ」

「シッシッ」

女将が又電話口で話を始めたので皆シインとなった。

「あの……伯爵様で御座いますか。お呼立ていたしまして、ハイハイ。かしこまりました。それでは直ぐにこれからお伺い致します。イエイエ。決して御心配なことは御座いません。何もかもお眼にかかりますれば、すっかりおわかりになりますことで……あの誠に恐れ入りますが、わたくしお宅を存じませんから、そちらのお自動車を至急に大学の正門前にお廻《まわ》し下さいませんでしょうか。あそこでお待ちして手をあげますから、ハイハイ。お自動車は流線スターの流線型セダン。かしこまりました。では御免遊ばしまして……」

「巧《うま》いもんだなあ。流石は凄腕《すごうで》だ。上海仕込みだけある。流線スターといったら、東京に一つか二つ在る無しの高級車だぜ」

「アラ、乗ってみたいわねえ」

「ウフ。乗せてやるから一緒に来い」

「あたしも乗りたいわ」

「ウム。みんな来い。モウ着物は乾いたろう」

「アラ、厭《いや》な先生、乾《ほ》してんのは普段着よ。晴着はチャント仕舞ってあるわよ」

「ヨオシ。出来るだけ盛装して来い。貞操オン・パレードだ」

女たちが鬨《とき》の声を揚げて喜んだ。

「鶴子さん。アンタはね、洋装がいいわ。出来るだけ毒々しくお化粧しておいでよ。伯爵様にお目見えするんですから……」

「アラ、女将さん。あたし怖いわ」

「怖いことあるもんですか。その方がいいのよ。妾《わたし》に考えがあるんですから……」

鶴子というのは一番最初に吾輩《わがはい》に口を利いた一番若い美しい娘であった。

「まあ先生。ソンナに酔払って大丈夫？」

「大丈夫だとも。酔っている真似は難かしいが、酔わない真似なら訳はないんだ。キチンとしていれあいいんだからね」

禿頭変色

吾々《われわれ》一行の姿を他人が見たら何と云うだろう。

葬式自動車みたいな巨大な箱車の中に、令嬢だか、女給だか、籠抜娼妓《かごぬけしょうぎ》だか、マダム・バタフライだか、何が何やらエタイのわからない和洋服混交の貞操オン・パレードがギッチリ鮓《すし》詰めになっているその中央に、モダン鍾馗《しょうき》大臣の失業したみたいな吾輩が納まり返っているんだから、何の事はない一九三五年式大津絵だろう。

その一団を乗せた流線型セダンが音もなく辷《すべ》り出すと、吾輩は急に睡くなってグーグーと居睡りを始めた。自分の鼾《いびき》の音が時々ゴウゴウと聞こえる。女たちのクスクス笑う声を夢うつつに聞いている中《うち》に自動車がピッタリと止まったので、吾輩は慌てて女たちの膝《ひざ》を跨《また》いで一番先に飛降りて扉をパタンと締めた。

「お前たちはこの中で暫く待ってろ。吾輩が談判の模様によって呼込んでやるから……」

と云い棄てるなりフラフラしながら玄関の石段を上った。待っていたらしい啞川家の家令だか三太夫だか人相の悪い禿頭が、吾輩の姿を見ると眼を剝《む》き出して睨《にら》み付けた。睨み付けるのも無理はない。オリイブ色の声なんかどこを押したって出そうな面構えじゃない。たしかに人間が違っているに相違ないのだから……。

「貴方《あなた》は……何ですか……」

「老伯爵閣下に会いに来た人間だ」

「……ナニ……」

と云うなり禿頭が腕をまくった。柔道の心得か何かあるらしい。吾輩の胸をドシンと突いたが、吾輩微動だにしなかった。向うに柔道の心得があればコッチにルンペンの心得がある。相手が用人棒だろうが何だろうが、身構えたら最後、金城鉄壁、動く事でない。

「……か……閣下は貴様のような人間に御用はない」

「ハハハ、そっちに用がなくともこっちにあるんだ」

「ナ……何の用だ……」

「貴様のような人間に、わかる用事じゃない。人柄を見て物を云え。何のために頭が禿《は》げているんだ」

禿頭の色が紫色に変った。慌てて背後《うしろ》の扉《ドア》にガッチリと鍵《かぎ》をかけた。

「会わせる事はならん」

「八釜《やかま》しい」

と云うなりその紫色の禿頭を平手で撫《な》でてやったら、非常に有難かったと見えて、羽《は》織袴《おりはかま》のまんま玄関の敷石の上に引っくり返ってしまった。その間に吾輩は巨大な真鍮《しんちゅう》張りの扉《ドア》に両手をかけてワリワリワリドカンと押し開けた。そこから草原《くさはら》みたいな柔らかな絨壇の上に上って、背後《うしろ》をピッタリと締切ると、外でワンワンワンとブルドッグの吠《ほ》える声と、自動車の中で女たちの悲鳴を揚げて脅える声が入り交って聞えて来た。ブルドッグという奴はいつでも気の利かない動物らしい。

癇癪くらべ

そんな事はドウデモ宜《い》い。吾輩はグングンと廊下に侵入した。暗い廊下の左右に並んでいる部屋を一つ一つ開いて検分して行く中《うち》に、一番奥の一番立派な部屋の中央に、巨大なロココ式ガラス張りのシャンデリヤが点《とも》っているのを発見した。

そのシャンデリヤの下に斑白《はんぱく》、長鬚《ちょうしゅ》のガッチリした面《つら》つきの老爺《おやじ》が、着流しのまま安楽椅子に坐って火を点《つ》けながら葉巻を吹かしている。写真で見たことのある啞川伯爵だ。七十幾歳というのに五十か六十ぐらいにしか見えない。嘗《かつ》ての日露戦争時代に、陸海軍大臣がハラハラするくらい激越な強硬外交を遣っ付けた男で、この男の一喝に遭うとい い加減な内閣は一《ひ》と縮みになったものだから痛快だ。成る程、掛矢でブンなぐっても潰《つぶ》れそうもない面構えだ。取敢《あ》えず敬意を表するために、吾輩は山高帽を脱ぎながらツカツカと進み寄って、恭しく頭を下げた。

「……キ……貴様は……何か……」

まるで頭の上に雷が落ちたような声だ。頭を上げて見ると伯爵は安楽椅子から立上って、吾輩を真白な眼で睨み付けている。露国の蔵相、兼、外相ウイッテ伯を縮み上らせた眼だ。しかし吾輩は、わざと哄笑《こうしょう》してみせた。

「アハハハ、私は鬚野房吉というルンペンです」

「……ナ……何だルンペンとは……」

「ルンペンというのは独逸《ドイツ》語です。独逸語で襤褸《ぼろ》の事をルンペンというところから、身なりとか根性とかがボロボロに落ちぶれた奴の事をルンペンというようになったのです。御存じありませんか。日本にも勲章を下げて、立派な家《うち》に住まったルンペンが、イクラでも居りますよ」

伯爵は立腹の余り口が利けなくなったらしい。葉巻をガチガチと噛《か》んで、鬚をビクビク震わせている。

吾輩は、すこし気の毒になったから、心持ち言葉を柔げた。

「伯爵閣下、実は今日お伺い致しました理由は、ほかでは御座いません。御令息の唖川歌夫君の事についてです」

「黙れっ……黙れっ……吾輩の家庭の内事は吾輩が決定する。貴様等如きの世話は受けんッ……」

吾輩はここに到ってカンシャク玉が破裂した。この老爺《おやじ》は外交問題と家庭の内事をゴッチャにしている。ドンナ豪《えら》い人間でも、自分の妻に関する事を他人から話出されたら一応は頭を下げて傾聴すべきものだ。

「ええこの馬鹿野郎。貴様等如きとは何だ。吾輩はこれでも一個独立の生計を営む日本国民だぞ。聊《いささ》かの功績を云い立てにして栄位、栄爵を頂戴《ちょうだい》して、無駄飯を喰《く》うのを光栄としているような国家的厄介者とは段式が違うんだぞ。日露戦争の時には俺の発明した火薬が露助にモノをいったんだぞ。日本の医学は吾輩の努力の御蔭《おかげ》で、今日の隆盛を来《きた》しているんだ。しかも吾輩は国家に何物をも要求しない。毎日毎日この通りのボロ一貫で、途《みち》に落ちたものを拾って喰ってるんだ。苟《いやしく》も君のためや、親子兄弟、妻子朋友《ほうゆう》のためになる事ならば無代償で働くのが日本国民だ。伯爵が何だ。正三位が何だ。そんな乾《ひ》からびた木乃伊《みいら》みたいな了簡だから、倅《せがれ》が云う事を聴かないで家《うち》を飛出すのだぞ」

女将の凄腕

多分顔負けしたんだろう、伯爵閣下は、よろよろとよろめいて背後《うしろ》の椅子にドシンと尻餅《しりもち》を突いた。病み犬が逃げ吠えするように、モノスゴイ眼で吾輩を睨んだ。

「黙れ、倅は家風に合わん女を貰《もら》おうとしたから余が承知しなかったのじゃ。出て行けと云うたのじゃ」

「へへ。倅は喜んだろう。コンナ店曝《たなざら》しの光栄を引継いで、一生無駄飯を喰うのを自慢にするような腐った根性は今の若い者は持たないのが普通だぞ。又コンナ家《うち》に嫁入って来て、コンナ家風に合うような女だったら、虚栄心だらけのお茶っピイか。魂のない風船娘にきまっているんだ」

　吾輩がここで滔々《とうとう》と現代女性観を御披露しようとするところへ背後の扉《ドア》がガチャリと開《あ》いて、思いもかけぬ警官が二人威儀を正して這入《はい》って来た。伯爵閣下に恭しく敬礼すると、物をも言わず吾輩《わが》のマントの両袖《りょうそで》を摑《つか》んだものだ。多分正気付いた家令が電話でもかけたんだろう。

「何をするんだ」

　と吾輩は二人の顔を振返ったが、二人とも吾輩を知らない新顔の警官らしい。やはり無言のまま無理やりに吾輩を引っぱって行こうとしたが、そのはずみに吾輩のマントの両袖がスッポリと千切れて、二人の巡査が左右に尻餅を突いた。吾輩は思わず噴出《ふきだ》した。

「アハハハハ。飛んだ景清《かげきよ》のシコロ引きだ。これが泥棒だったらドウなるんだい。ハハハハハ」

「ホホホホホホホホホ」

「ほほほほほほほほほほ」

　思いがけない大勢のなまめかしい声が聞こえたので、ビックリして振返ってみると、自動車の中に待たせておいた連中がゾロゾロと這入って来た。洋装、和装、頰紅、口紅、引眉毛《ひきまゆげ》取り取りにニタニタ、ヘラヘラと笑い傾《こ》けながら、荘厳を極めたロココ式の応接間に押し並んだところは、どう見ても妖怪《ようかい》だ。その妖怪中の妖怪とも見るべき上海亭の女将は、啞然《あぜん》となっている警官を尻目《しりめ》にかけながら、しゃなしゃなと歩み出て恭しく伯爵閣下に一礼した。

「オホホホ、ずいぶんお久し振りで御座いましたわねえ、伯爵様。先年北支那の王魁石《おうかいせき》さんと秘密に上海でお会いになった時には、手前共の処を大層御贔屓《ひいき》下さいまして、ありがとう御座いました。あの時に御引立に預りました娘たちを御覧遊ばせ、皆もうコンナに大きくなりまして御座いますよ。あれから間もなく私どもは上海を引上げまして、コチラの大学前に、店を開きましたので、その中に一度は御挨拶《あいさつ》に出なくちゃならないならないと存じながら、ついつい御無沙汰《ごぶさた》致しておりましたが、今日は又思いがけなく、コチラの若様の事で、是非ともお伺いしなければならぬ事が出来ましたので、序《つい》でと申しては何で御座いますが、みんな引連れて御伺い致しましたような事で御座います。オホホホホ」

老伯爵は棒立ちに突立ったまま。眼を白黒させて唾液《つばき》を嚥《の》んだ。吾輩も余りの事に、棒立ちに突立ったまま、唾液を嚥まざるを得なくなった。

言語道断

「私が若様を存じ上げていると申しましたら不思議に思召《おぼしめ》すで御座いましょう。ところが若様は流石にチャキチャキの外交官でおいで遊ばすのですから抜け目は御座いません。伯爵様が、私どもの店を御贔屓になっておりますす事を、よく御存じでね。外務省の御用で上海へお出でになるたんびにお父様の御遺跡を御覧になりたいと仰言《おっしゃ》って私どもの処へお立寄りになりましたので、私どもでも特別念入りに御世話申上げましたところが、大層御意に叶《かな》いましたらしく、ずっと引続いて今日まで御引立を蒙《こうむ》っているので御座いますよ。ホホホホホホホホ。

……そう致しましたらね。私どもがコチラへ参りましてからの事で御座いますよ。若様が、わざわざ私どもの処へお運び下さいまして、コンナ御相談をなさるので御座います。……自分が仏蘭西《フランス》から帰った後《のち》に、山木という市会議員のお嬢さんのテル子さんと仰言る方と婚約していたら、その山木さんが疑獄で別荘にお出でになったとかで、伯爵様が、そのお嬢様との婚約を諦《あきら》めてしまえ、羽振さんからの婚約の申込を受けろと仰言って、どうしても御承知にならない。一方にそのお嬢様のおウチではお母様が脳の御病気で入院なすって、当分お帰りになる見込がなくなった上に、お父様のお妾《めかけ》さんだか何だかわからない女が、図々《ずうずう》しく家政婦とか何とかいって乗込んで来てお嬢様のテル子さんを邪魔にするので、テル子様は泣きの涙で暮しておいでになるのが若様としては見ちゃいられないが、これはドウしたらいいだろうと仰言って、私に御相談が御座いました」

「ううむ。怪《け》しからん奴だ。親に相談すべき事を……ううむ」

と老伯爵が唸《うな》った。こうなると伯爵もへったくれもあったものじゃない。父親としての面目までも、丸潰《まるつぶ》れの型なしだ。しかし女将は一切お構いなしで、持って生まれた一《いっ》瀉千里《しゃせんり》のペラペラを続けた。

「ホホホホホホ、ほんとに怪しからないお話で御座いますよ。こうした行き違いのソモソモがどこから始まっておりますか、私どもは無学で御座いますから、わかりませんが、とにかくこれは容易ならない伯爵家の大事件と存じましてね。万一このようなお話が、外へ洩《も》れるような事があっては大変と存じましたから、わたくしの一存で、色々と苦心致しました揚句、山木さんのお留守居の人達に承知させまして、手前共の店に居ります娘たちの中《うち》で一番お嬢様によく肖《に》ておりますツル子と申します女優の落第生を、山木さんの処へ換え玉に入れて世間体をつくろいまして、お嬢様を私の処へお匿《かく》まい申上げました。そう致しまして外務省から病気休暇をお取りになったコチラの若様と御一緒に、お好きの処へ新婚旅行にお出し申しましたが、もう十分にワインド・アップがお済みになって、東京のどこかへお帰りになっている筈《はず》で御座いますよ。近頃のお若い方は何でもスピードアップなさるのがお好きで御座いますからね」

「ううむ。いよいよ以《もっ》てケシカラン……」

伯爵ネギリ倒し

「ホホホ。そう致しましたら何しろタッタ一人のお世継の事で御座いますから、伯爵様がキット若様をお探しになるに違いない、その御心配の潮時を見計らいまして、私がコチラへお伺い致しまして、万事のお話を拝聴致しまして、失礼では御座いますが御家の御為になりますように取計らいたいと存じた次第で御座いますがね。まことに怪しからぬ御恩報じとは存じましたが、無学な私どもの才覚には、ほかに致しようが御座いませんでしたのでね、ホホホ」

「…………」

「ところが、そのうちに私の処から換え玉に這入っておりましたツル子と申します女が退屈の余りで御座いましょう。ツイ芝居気を出しましてね。お嬢さん生活の退屈凌《しの》ぎに、そのテル子さんの大切な犬が盗まれているのを、この鬚野先生に取返して下さるようにお頼みしたところから事が起りまして、とどのつまり、鬚野先生が私どもの処へ偶然お乗込みになって、こちらの小伯爵様とそのテル子嬢を御一緒にするかどうかっていう御相談がありましたから、これは何よりの事と存じまして、こうしてお伺い致しました次第で御座いますが、如何《いかが》で御座いましょうか。この御縁談を御承知下さいませんでしょうか。新聞種になんかおなりになりませぬ中《うち》に、御承知になりました方が、御身分柄お得じゃないかと考えるので御座いますが、どのようなもので御座いましょうか」

今度は吾輩が驚いた。老伯爵の次には吾輩がペシャンコになってしまった。これ程手厳しく一パイ喰わされた事は未《いま》だ曾《かつ》てない。彼《か》の断髪令嬢が真赤な摑ませものであろうとは……そうして真実に一切を支配している運命の神様がこの吾輩でも何でもなかった。この上海亭の女将であったろうとは……。

況《いわ》んや老伯爵に到っては徹底的にペシャンコになってしまったらしい。真青になって椅子の中に沈み込んでしまったのは気の毒千万であった。左右を見ると二人の警官はいつの間にか部屋を辷《すべ》り出てしまっている。

そこで吾輩は改めて老伯爵の前に進み出た。

「どうです伯爵閣下。御名誉とか、お家柄とかいうものばかり大切がって、切れば血の出る若い生命の流れを軽蔑《けいべつ》なさるからコンナ事になるのです。倅《せがれ》には内兜《うちかぶと》を見透かされる、女将《おかみ》には冷やかされる……」

「アラ、冷やかしなんかしませんわ。勿体《もったい》ない」

「これぐらい冷やかしゃ沢山だ……」

老伯爵はポロリポロリと涙を流し始めた。頬の肉をヒクリヒクリと引釣らせながら、哀願するように女将の顔を見上げた。

「いや、わしが悪かった。わしが悪かった。ところで倅はどこに居る」

こうなると老人はみじめだ。何よりも先に考えるのは我児《わがこ》の事だ、ここまで来ると、ルンペンも華族もタダの人間だ。

「ホホホ御安心遊ばせ、伯爵様。若様は最前から……」

と云ううちに部屋の入口に並んでいる女たちを押分けて、スマートな旅行服の青年が颯爽《さっそう》と這入って来た。

「お父様、只今《ただいま》。お話は最前から廊下で承っておりました。御心配かけて相済みません。上海亭から別の自動車で追っかけて来ておりました」

「お帰ったか」

老伯爵の両眼から新しい涙が溢《あふ》れ出した。

「そうして……その……花嫁はドコに居る」

女将が振返って、背後《うしろ》に並んでいる五人の女を見渡した。するとその中から顔を真赤にした洋装の一人がおずおずと進み出て、老伯爵に向って一礼した。最前上海亭で一番最初に吾輩に質問を試みた鶴子だ。唇と頬ペタを紅ガラ色に塗って、見事な腕を肩の上から露出しているところは誰が見ても街の女としか思えない。

老伯爵は眼を剝《む》いた。眼を剝く筈だ。花嫁が淫売《いんばい》姿で堂上方《どうじょうがた》へ乗込むなんて手は開闢《かいびゃく》以来なのだから……。

「アハハハ成る程。これじゃイクラ探してもわからないじゃろう。イヤ、お嬢さん、知らんで失礼したの……」

吾輩がシャッポを脱ぐと、令嬢も嫣然《にこやか》にお礼を返した。

「わたくしこそ……でも色々と御親切に、ありがとう御座いましたわ」

土管の中へ

「イヤ、名優名優。吾輩の前で、あれ程、シラを切っていた腹芸には感服した。その調子なら立派な伯爵夫人としての役もつとまるに違いない。ナアニ華族社会の女なんてものは偶然に取り当った地位を自慢にして、自分以外の女を如何にして軽蔑しようか、蹴《け》落《お》とそうかという事ばかり寝ても醒《さ》めても忘れていない下等動物でしかあり得ないのだからね。しかもその御主人の栄位栄爵というのも、先祖が関ヶ原あたりで豊臣家に裏切った手柄で、徳川将軍から貰《もら》った大名の地位が変形したものに過ぎないのだからね。これに反して市会議員となると何もかも独力で成り上ったのだから堂々たるものだ。その点からいうと華族なんぞより身分が上だ。唖川のお父さん、この花嫁を仇《あだ》やおろそかに思うてはなりませぬぞ」

小伯爵が横合いから吾輩の手を握った。

「イヤ、鬚野先生……どうもありがとう。実はあの上海亭の二階で貴方《あなた》のお話を聞いているうちによっぽど飛出してお礼を申上げようかと思ったんですが、万一貴方が、親爺《おやじ》の廻《まわ》し者だったら大変と思って……プッ……」

小伯爵は慌てて口に手を当てた。眼を丸くして老伯爵をかえりみた。老伯爵が不承不承に疎《まば》らな歯を露《あら》わして笑った。

「アハアハアハ。何でも宜《え》え。これから仲よくしてくれい」

吾輩は黙ってシャッポを脱いで、袖《そで》のないマントの肩で風を切って、豪華な応接間を出て行きかけた。

安心したので急に酔いが上がって来たものらしい。フラフラしながら扉《ドア》にぶつかった。

「おお、鬚野君。まあええじゃろ、ゆっくりして下さい。一パイ差上げるから」

「先生。御ゆっくりなさいませよ」

「イヤ、モウ運命の神様は辞職だ。アトは女将によろしく頼むわい」

「そう云わずとこの家《うち》に泊って行ってはドウかな」

「この家は暑いです。イヤ、若夫婦万歳」

吾輩は廊下の空間を泳ぐようにフラフラしながら表に出ると、流線スターのセダンが待っていたので、その中に転げ込んだ。動き出すと運転手が聞いた。

「どちらへ……参りましょうか」

「帝国ホテルだ。……その帝国ホテルの裏手の空地になあ……その空地に並んでいる土管の右から三番目の入口へ着けてくれい。ああ、愉快だ。赤い帽子を冠ろうよオだ。アッハッハッハッ。皆さん左様なら……」

解説

朝《あさ》宮《みや》運《うん》河《が》

夢野久作には「猟奇歌」と総称される、一連の口語短歌がある。猟奇的・探偵小説的なモチーフが頻出する久作文学の原風景ともいうべき興味深い作品群だが、その中に次のような一首がある。

何故に
草の芽生えは光りを慕ひ
心の芽生えは闇を恋ふのか

自然界に生きるものは光を慕うことが運命づけられている。しかしなぜ人の心だけは闇を求めてしまうのか。この歌にはそうした久作自身の切実な問いかけが、鳴り渡っているようにも思う。

考えてみると久作の文学そのものが「闇を恋ふ」営為であった。文明社会によって巧妙に隠蔽された、人間や社会の暗黒面。言葉にするならそれは狂気や暴力、残酷、不条理、エロティシズムということになるだろう。久作はそうした闇に冷徹な目を向け、並外れた知力と構成力、憑かれたような文体によって、それを表現し続けた希有《けう》な作家であった。久作が探偵小説という新進の文学ジャンルを選び取ったのも、それが闇の探究にふさわしい形式や理念を備えていたからに他なるまい。

本書『人間レコード　夢野久作怪奇暗黒傑作選』は、そんな久作文学に通底する〝暗黒への志向〟をテーマに編まれた短編選集である。これまで角川文庫より刊行された各作品集との重複を極力避けたうえで、近代日本のダークサイドを凝視するかのような五編をセレクトした。一般的な知名度は高くないものの、いずれもこの作家ならではの魔力が横溢した逸品であり、『ドグラ・マグラ』や「少女地獄」などの代表作で久作文学に開眼した若い読者にも、新鮮な驚きをもって迎えられることと思う。

各話解説に移る前に、簡単に作者について振り返っておこう。

夢野久作は明治二十二年（一八八九）福岡県福岡市に生まれた。本名・杉山直樹（後に出家して泰道と改名）。父・杉山茂丸はアジア主義を掲げる政治結社・玄洋社と近しい立場にある政治運動家であり、〝政界の黒幕〟としても知られた傑物である。幼少期から祖父・三郎平より四書の素読、謡曲の手ほどきを受け、九歳で喜多流能楽師・梅津只圓《しえん》に入門。福岡県立中学修猷館《しゅうゆうかん》を卒業後、継母らと上京して近衛歩兵第一聯隊に入隊した後、明治四十四年（一九一一）に慶應義塾予科文科に入学。中退後は、福岡県で農園経営を始める。放浪生活、出家と還俗を経て、再び農園経営に着手。大正七年（一九一八）、二十九歳で鎌田クラと結婚した。

大正八年（一九一九）に九州日報社に入社、新聞記者として記事を執筆するかたわら、紙上に多くの童話を発表。大正十五年（一九二六）、雑誌「新青年」の創作探偵小説募集に「あやかしの鼓」が二等入選し、中央文壇デビューを飾った。「夢野久作」の筆名を用いたのはこれが初である。

以降、探偵作家として旺盛な執筆活動を展開。「瓶詰地獄」「押絵の奇蹟」などは江戸川乱歩ら同時代の書き手にも激賞された。昭和十年（一九三五）には構想十年、執筆十年と言われる大作『ドグラ・マグラ』を発表。翌十一年（一九三六）、脳溢血により急逝するが、その作品は没後八十年以上経過した今日も読み継がれ、新たな世代に影響を与え続けている。

本書収録の五編はいずれも『ドグラ・マグラ』刊行前後の晩年に書かれた作品で、日中戦争の足音が近づく不安な時代を背景に、ますます人間と社会の暗黒面を深く凝視した、残酷・恐怖・ナンセンスの物語が展開している。

「笑う啞女」（『文藝』昭和十年一月号）

若き医学士・甘川澄夫と女学校を首席で卒業した才媛・初枝の婚礼の宴が、賑やかに催された。集まった村人たちが祝福する中、異様な風体の「唖女」が現れる。妊娠しているらしい娘は澄夫の姿を見つけると、腹部を指し示してエベエベと奇声を発する。一年近く姿を消していた娘が、祝宴の日に戻ってきたのはなぜなのか。

前近代的な人間関係が色濃く残る山村を舞台に、自らの犯した罪に復讐されて破滅するインテリの姿を描いた暗黒悲惨小説。生々しくも猥雑なムラ社会の描写には、「いなか、の、じけん」「空を飛ぶパラソル」同様に、新聞記者時代の取材が生かされていると推測される。言葉を持たない娘の発する「ケケケケ……エベエベエベ……キキキキ……」というすさまじい笑い声が、近代社会に亀裂を生じさせるという展開は恐ろしくも痛快である。呪われた鼓の音色を扱った商業デビュー作「あやかしの鼓」からも明らかなように、久作は耳のいい作家だった。

「人間レコード」（『現代』昭和十一年一月号）

下関に到着した連絡船から降り立った、一人のみすぼらしい西洋人。その行動を見張る朝鮮紳士に、仲間の男が言う。彼こそは露西亜《ロシア》が赤化宣伝工作のために発明した人間レコードなのだ、と。

人間の脳にデータを書き込み、暗号通信に用いるという悪夢的なアイデアでSFを先取りした作品。共産主義の冷酷さを暴き出すようなストーリー展開には、日中戦争から太平洋戦争へと突き進んでいく時代の空気が色濃く漂っているが、表面的な対立構造にこだわると足をすくわれる。

ここで久作が描こうとしたのは、国家間のイデオロギー対立に巻き込まれ、記憶と生命を失うことになった人間の悲劇だろう。個人にとってかけがえのないものを、権力は容赦なく利用し、捨てさせてしまう。久作はそうした恐怖を敏感に感じ取っていた作家であり、代表作『ドグラ・マグラ』もそんな悪夢の結晶に他ならなかった。してみると『ドグラ・マグラ』とアイデア的に類似のある「人間レコード」も、単なる反共小説と片付けるわけにはいかないのではないか。なお久作には資本主義社会の悪夢を暴いた「人間腸詰」があることも忘れずに指摘しておこう。

「衝突心理」（『モダン日本』昭和九年五月号）

川崎で起こったトラック同士の衝突事故。事故の原因はヘッドライトの眩しさに、一方の運転手がハンドル操作を誤ったためというのだが、生き残ったもう一方の運転手や助手の証言から意外な事実が判明する。

妻と財産を奪われたトラック運転手の執念の復讐劇と見せかけて、ラストにはナンセンスな味わいの結末が待ち受けている。久作文学は宿命的なロマンティシズムに傾く一方で、それを丸ごと笑い飛ばすようなたくましさも同時に備えていた。幕切れのとぼけた台詞には、久作が愛読したフランス作家モーリス・ルヴェルを彷彿させるような残酷味が漂う。

「巡査辞職」（『新青年』昭和十年十一月～十二月号）

多くの村人に恨まれている因業な大地主・深良屋敷の老夫婦が、何者かに殺された。通報を受けて現場に駆けつけた草川巡査の捜査線上に浮かんだのは、村の模範青年で夫婦の婿養子である一知。しかし決定的証拠が見つからない。事件は迷宮入りするかに思われた。

文明社会のダークサイドを目の当たりにしたインテリ巡査の葛藤を描いた本編は、探偵小説とは「あらゆる傲慢な、功利道徳、科学文化の外観を掻き破って、そのドン底に恐れ藻掻《もが》いている昆虫のような人間性――在るか無いかわからない良心を絶大の恐怖に暴露して行く。その痛快味、深刻味、悽惨味を心ゆくまで玩味させる読物」（「探偵小説の真使命」）であるという、久作の探偵小説観をよく反映している。

欲に凝り固まった深良夫婦、神々しいほどの美しさを備えた娘マユミ、ラジオ趣味に熱中する一知青年などが織りなすドロドロした人間関係と、それとは対照的に澄みきった光を放つ星空の描写が忘れがたい。ミステリとしては単純素朴な作品だが、それを補ってあまりある特色を備えている隠れた逸品。

「超人鬚野博士」（『講談雑誌』昭和十年六月～十一月号）

感化院を脱走し、見世物芸人の助手となった鬚野少年は、日本一の法医学者・鬼目博士の勧めに従い、研究用の犬や猫をさらって大学や医学校に売りつける「博士製造業」で身を立てるようになる。ある日、美しい令嬢の依頼を受け、自分がさらった犬を探す羽目になった鬚野は、見栄と欲望が錯綜するドタバタ劇に巻き込まれていく。

文明社会の裏表に通じたアウトローの怪紳士が、取り澄ました上流階級の秩序をかき乱すさまを、口承文芸を思わせる饒舌な語りで描いた快作。久作には初期の童話『白髪小僧』から未完の長編『犬神博士』へといたる〝無垢なるもの〟の冒険を描いたピカレスクロマンの系譜があるが、本作もその流れを汲むものといえよう。

鬚野博士のキャラクターはしばしば『犬神博士』の主人公チイの大人版と見なされるが、一方で異色の人物伝『近世快人伝』において久作がリスペクトを込めて描いたような、在野の貧しき偉人たちの姿が反映されているようにも思う。いずれにせよ久作の描く怪物的人物は、例によって魅力的だ。

なお本書は、昭和五十五年（一九八〇）に角川文庫より刊行された『骸骨の黒穂』の収録作をベースに編まれた作品集である。具体的には『骸骨の黒穂』所収の七編から「骸骨の黒穂」「山羊鬚編集長」「芝居狂冒険」「オンチ」を外し、代わりに『怪奇暗黒』のサブタイトルにふさわしい「衝突心理」「超人鬚野博士」の二編を収録したことをお断りしておく。

※本書は角川文庫オリジナルアンソロジーです。

編　朝宮運河

収録作品底本一覧

「笑う唖女」——『骸骨《がいこつ》の黒穂《くろんぼ》』（角川文庫　1980年）

「人間レコード」——同上

「衝突心理」——『夢野久作全集 10』（ちくま文庫　1992年）

「巡査辞職」——『骸骨《がいこつ》の黒穂《くろんぼ》』（角川文庫　1980年）

「超人鬚野博士」——『夢野久作全集 5』（ちくま文庫　1991年）

読者の皆様へ

『人間レコード　夢野久作怪奇暗黒傑作選』は一九三四～三六年に発表された著者の作品を編集した、角川文庫オリジナルアンソロジーです。

作品発表当時と現在では、人権意識や医学的な知見が異なります。そのため、本書の中には、唖《おし》、相の子、非人、精神病《きちがい》者、キチガイ、跛、色情狂《いろきちがい》、発狂、外道人間、片輪、精神異《きちがい》常者、狂《きちがい》女、盲滅法、聾唖《つんぼ》者、白痴、乞食《こじき》、支那《しな》、精神病、毛唐、土百姓、浮浪人、ルンペン、狂人、文盲、片チンバ、ツンボ、露助など、疾患や遺伝、特定地域に対する誤解や偏見を含む、差別的な描写があります。

しかし、雑誌に掲載され、広く読まれた作品の中には、当時の文化や風俗、社会通念が、作品の設定そのものとわかちがたく結びついている部分があります。

作者は一九三六年に他界しており、こうした状況を踏まえ、本作を当初の表現のまま出版することとしました。あらゆる差別に反対し、差別がなくなるよう努力することは出版に関わる者の責務です。この作品に接することで、読者の皆様にも現在もなお、さまざまな差別が存在している事実を認識していただき、人権を守ることの大切さについて、あらためて考えていただく機会になることを願っています。

角川文庫編集部

人《にん》間《げん》レコード

夢《ゆめ》野《の》久作《きゅうさく》怪奇《かいき》暗黒《あんこく》傑作選《けつさくせん》

夢《ゆめ》野《の》久作《きゅうさく》

令和５年 ２月25日　初版発行
令和６年 10月30日　４版発行

発行者●山下直久

発行●株式会社KADOKAWA
〒102-8177　東京都千代田区富士見2-13-3
電話　0570-002-301（ナビダイヤル）

角川文庫 23552

印刷所●株式会社KADOKAWA
製本所●株式会社KADOKAWA

表紙画●和田三造

●お問い合わせ
https://www.kadokawa.co.jp/（「お問い合わせ」へお進みください）
※内容によっては、お答えできない場合があります。
※サポートは日本国内のみとさせていただきます。
※Japanese text only

Printed in Japan
ISBN 978-4-04-113481-8　C0193

◆◇◇

角川文庫発刊に際して

角川源義

第二次世界大戦の敗北は、軍事力の敗北であった以上に、私たちの若い文化力の敗退であった。私たちの文化が戦争に対して如何に無力であり、単なるあだ花に過ぎなかったかを、私たちは身を以て体験し痛感した。西洋近代文化の摂取にとって、明治以後八十年の歳月は決して短かすぎたとは言えない。にもかかわらず、近代文化の伝統を確立し、自由な批判と柔軟な良識に富む文化層として自らを形成することに私たちは失敗して来た。そしてこれは、各層への文化の普及滲透を任務とする出版人の責任でもあった。

一九四五年以来、私たちは再び振出しに戻り、第一歩から踏み出すことを余儀なくされた。これは大きな不幸ではあるが、反面、これまでの混沌・未熟・歪曲の中にあった我が国の文化に秩序と確たる基礎を齎らすためには絶好の機会でもある。角川書店は、このような祖国の文化的危機にあたり、微力をも顧みず再建の礎石たるべき抱負と決意とをもって出発したが、ここに創立以来の念願を果すべく角川文庫を発刊する。これまで刊行されたあらゆる全集叢書文庫類の長所と短所とを検討し、古今東西の不朽の典籍を、良心的編集のもとに、廉価に、そして書架にふさわしい美本として、多くのひとびとに提供しようとする。しかし私たちは徒らに百科全書的な知識のジレッタントを作ることを目的とせず、あくまで祖国の文化に秩序と再建への道を示し、この文庫を角川書店の栄ある事業として、今後永久に継続発展せしめ、学芸と教養との殿堂として大成せんことを期したい。多くの読書子の愛情ある忠言と支持とによって、この希望と抱負とを完遂せしめられんことを願う。

一九四九年五月三日